你好,
野生动物朋友

Wild Animals
I Have Known ②

[加] 欧内斯特·汤普森·西顿/著

江月/译

中国经济出版社
CHINA ECONOMIC PUBLISHING HOUSE

·北京·

图书在版编目（CIP）数据

你好，野生动物朋友：美绘精装版.2/（加）欧内斯特·汤普森·西顿著；江月译.——北京：中国经济出版社，2023.11

（银河少年世界名著美绘珍藏系列）

ISBN 978-7-5136-7549-9

Ⅰ.①你… Ⅱ.①欧… ②江… Ⅲ.①儿童故事-作品集-加拿大-现代 Ⅳ.①I711.85

中国国家版本馆CIP数据核字（2023）第214869号

责任编辑　龚风光　张　丽
责任印制　马小宾
封面设计　平　平

出版发行	中国经济出版社
印　刷　者	北京艾普海德印刷有限公司
经　销　者	各地新华书店
开　　　本	710mm×1000mm　1/16
印　　　张	15
字　　　数	120千字
版　　　次	2023年11月第1版
印　　　次	2023年11月第1次
定　　　价	78.00元

广告经营许可证　京西工商广字第8179号

中国经济出版社　网址 www.economyph.com　社址 北京市东城区安定门外大街58号　邮编 100011
本版图书如存在印装质量问题，请与本社销售中心联系调换（联系电话：010-57512564）

版权所有　盗版必究（举报电话：010-57512600）
国家版权局反盗版举报中心（举报电话：12390）　　服务热线：010-57512564

我所知道的野生动物朋友们

欧内斯特·汤普森·西顿

我写的这些有关动物的故事,都是真实而可信的。

本书所描述的所有动物故事都有事实来源,而不是虚构的。那些动物们各自表现出来的英雄气概、个性特征,其实比我描述的要鲜明得多。

我在描写这些动物时,努力遵循着这样的原则:将动物个体的真实性体现出来,讲述动物个体的真实想法,而不是随心所欲地用充满恶意的目光看待它们。

农场主们很清楚,在1889—1894年,生活在柯伦坡地区的狼王洛波(《狼王洛波的传奇一生》)就是那么狂放不羁且极富传奇性。

1882—1888年,宾果(《忠犬宾果的故事》)是我的爱犬,尽管我在这段时间曾去纽约进行过几次长期访问,使得我们之间的亲密关系偶有中断。对于这一点,我的曼尼托巴省的朋友都不会忘记。

小野马(《野马飞毛腿的故事》)生活在19世纪90年代初期,与狼王洛波生活的时代离得很近。除了它的死亡方式还存在争议之外,这篇故事可以说是一篇非常严格的纪实文学。

从某种意义上来说,乌利是两条狗的混合体:它们都是杂种狗,都有大牧羊犬的血统,也从小被培养成了牧羊犬。可以说,《狐狗乌利异闻录》的前半部分是一篇实录。关于那条狗后来的事,人们只知道它成了一个杀羊成性的凶手。至于故事后半部分的细节,其实是依据另一条狗写的——那是一条黄狗,它长时间过着双重生活:白天是忠实的牧羊犬,晚上则变成了嗜血好杀的怪物。

诸如此类的事情并不少见。开始写这些故事以后,我就听说了另一条过着双重生活的牧羊犬,它残忍地虐杀着附近的小狗,并将这种暴行视为其夜间的一种娱乐活动。等主人发现了它的所作所为时,它已经杀死了二十条狗,并把它们藏在了一个沙坑里。这只牧羊犬死时的情况与乌利一模一样。

红脖子(《松鸡红脖子的故事》)曾在多伦多北部的唐河谷地生活,我的很多同伴都还记得它。它是在1889年于宝塔山和法兰克堡之间的地方被害的。之所以隐去凶手的名字,是因为我想揭露的是整个人类——而不是某个人的恶行。

野兔一只耳(《野兔一只耳的故事》),银斑点(《乌鸦首领银斑点的故事》)和狐狸维克森(《春田狐的故事》),都是依据真实的动物形象创作出来的。尽管我将其同类中的很多冒险经历都集中到了它们身上，但是，书中描述的动物们的生活经历，无一例外全都来源于生活。

这些故事都是真实的，而不是虚构的——可以说，野生动物的一生总是以悲剧收场。

其实，我们与动物同属一个家族。人类所具有的高贵品质，动物身上不一定没有；动物所具有的优秀品质，人类也一样拥有。因为每一种动物都是具有七情六欲的美好生灵——相比于我们人类，只是在聪明程度上略有差别而已。所以，它们当然也应该享有自己的权利！

目录

大角羊首领卡拉格的故事 / 001

1. 两只小羊 / 002
2. 小疙瘩 / 006
3. 羊群大家庭 / 010
4. 大角羊的首领 / 014
5. 邂逅美洲狮 / 017
6. 新首领的诞生 / 023
7. 公羊首领 / 029
8. 大角羊首领卡拉格 / 033
9. 大角羊的奇迹 / 037
10. 大战群狼 / 042
11. 斯科蒂的追击 / 045
12. 终曲 / 050
13. 稻草人的秘密 / 053
14. 卡拉格的复仇 / 057

冠军兔小军马历险记 / 065

1. 聪明的长耳野兔 / 066
2. 优秀的基因 / 071
3. 陌生人 / 075
4. 发令员米克 / 083
5. 十三颗星 / 089
6. 超级冠军小军马 / 092

老鼠的奇迹反抗 / 099

1. 捕鼠器 / 100
2. 奇迹的发生 / 103

小浣熊阿嘉历险记 / 107

1. 寻找新家园 / 108
2. 淘气的阿嘉 / 112
3. 有趣的捕猎 / 115
4. 美味的河贝 / 118

5. 争夺地盘 / 121
6. 有惊无险 / 126
7. 喜忧参半的新生活 / 128
8. 命悬一线的阿嘉 / 132
9. 重归故土 / 136

雪地上的脚印 / 141

栗色烈马的故事 / 147
1. 不安分的马 / 148
2. 偷菜的人 / 152
3. 五美元 / 155
4. 枪口逃生 / 160

沙漠中的小精灵 / 167
1. 月光下的小精灵 / 168
2. 男人和篮子 / 174
3. 沙漠里的乐趣 / 178

狐狗乌利异闻录 / 183
1. 374 只羊 / 184
2. 600 万只脚 / 189
3. 可怕的老狐狸 / 191
4. 20 只羊 / 193
5. 惊魂之夜 / 196

法国狼王柯尔赛 / 201
1. 一头巨狼 / 202
2. 狼王的尾巴 / 205
3. 伯爵家的黑影子 / 211
4. 队长的计划 / 217
5. 生死决战 / 221

大角羊首领卡拉格的故事

1. 两只小羊

落基山脉脚下有一片广阔的森林,那是一片宽广的高原,长满了杂草。这里越到高处,岩石就越多,地势也越发险峻。

甘达峰位于高原的北侧,与高原连在一起,不过,要比高原高得多。这里全是岩石,你也可以说这是一座岩石峰。

春天到了,这片高原便一点点地被白色和紫色笼罩其中,阳光虚虚实实地照射在白雪上。慢慢地,温和的日光将积雪晒化了。让人惊讶的是,在这片雪地上居然有两条弯弯曲曲的虚线,这两条由许多小点组成的虚线不断延伸,一直延伸到了没有雪的地方。当你再向前看的时候,这些小点便又在有雪的地方出现了。因此,在这片高原上,由这些小点组成的虚线也就随着白雪的时有时无而时断时续。

有一个叫斯科蒂的老头在临近高原的巴库河畔建了一栋小房子。之所以选择在这儿建房子,是因为房子的后面有一个山冈,他可以在山冈上欣赏远处的高原，甚至能够欣赏山上那些斑驳的雪景。

现在，他正返回屋子，把挂在墙上的猎枪拿下来，接着走出了小屋。

每年春天下雪的时候，他都会拿着猎枪进山。这时，人们能够在雪地上找到动物们留下的异常清晰的脚印，这样一来，就可以轻松地辨别出猎物的行进方向。实际上，那些印在雪地上的虚线就是动物们留下的脚印。

斯科蒂爬过山冈，认真观察起斑驳的高原与山峰，他知道，大角羊们就经常在这里出没。他刚走了一会儿，就看到了雪地上印着的两排脚印，他不禁嘀咕起来："这是两只大角羊的脚印，而且，它们1小时前才从这个地方离开，看来是没有受到敌人的追赶，所以脚印才会这么凌乱。"

如果这两只羊正被老虎或豹子等天敌追赶着，那么，它们应该处于奔跑的状态，脚印就应该形成一条直线，可是，这些脚印却非常散乱地印在周围，由此可见，它们一路走得非常悠闲。

他沿着这些脚印追去，看到了大角羊躺下来的痕迹。从雪地上的印痕可以看出来，当时的情形，应该是大角羊横躺在雪地上。之后他发现，这只大角羊又突然站了起来，径直跑向前面。

大角羊为什么会躺下来呢？这里有许多大角羊非常喜爱的食物，但它们却没有停下来吃，似乎并不是太饿。

斯科蒂由远及近地看着，越向前走就越小心。他绕过一块大

岩石，来到了一片洼地，这里的白羽扁豆花开得特别茂盛。而就在这时，洼地上突然跳出了两只雌性大角羊。

斯科蒂立刻条件反射般地抓紧猎枪。如果现在立刻开枪，很显然，他会杀死这两只羊。但是，就在他准备开枪时，却瞥见洼地中间有两只小动物晃晃悠悠地站了起来。

"啊，原来是两只小羊！太好了，我一定要抓住它们。"随即，斯科蒂把枪放在一旁的一块岩石上，冲向了那两只小羊。

原来，这是两只刚出生不久的小羊，跌跌撞撞的，甚至都还没法子站稳呢。有意思的是，它们并不知道谁是自己的亲人，居然晃晃悠悠地走向了斯科蒂。

就在这时，只听"咩——"的一声，躲在附近的母羊突然发出了一声大叫。虽然小羊们刚出生，但是，它们还是能够分清这叫声代表着什么——这个正向着自己走来的人是非常危险的敌人。于是，它们慌慌张张地跑向了自己的妈妈。

就速度来说，小羊们显然比不上斯科蒂。因此，不一会儿，斯科蒂就赶上了它们。没想到，小羊天生有着跳起来躲避敌人的本能，因此，当斯科蒂正要捉住它们的时候，它们马上跳开了。

2. 小疙瘩

斯科蒂本来以为，这两只甫出娘胎尚且站不稳的小羊会很容易被抓住，然而，事与愿违，他不管怎样都抓不住它们。

"哼，你们给我等着，我一定要抓住你们！"接下来，斯科蒂就不断地追逐着两只小羊，一会儿追向这边，一会儿追向那边。虽然他非常想把小羊捉到手，但还是一次次地失败了。

相反，小羊们的腿脚在这种被追赶的过程中却渐渐变得结实有力了。自然地，它们轻而易举地从斯科蒂手中逃了出来，而且机警地将身子闪开。结果，斯科蒂由于站立不稳，脚底打滑，"啪"的一声倒在了地上。

"好家伙！咱们走着瞧！"虽然斯科蒂不小心摔了几个跟头，但是，他依然有几次碰到了小羊的身体，只是，每一次小羊们都成功地挣脱并逃掉了。

母羊不停地呼唤着小羊，然后掉头向远处跑，小羊们也追随着妈妈的叫声一点点地离开了这片长满白羽扁豆花的洼地。没过多久，小羊们就感到了疲惫。好在，一接触到坚硬的地面，它们的四肢就又恢复了力气——在坚硬的地面上和遍布着岩石的地方，大角羊们才能充分施展它们弹跳的功夫。

没过多久，大角羊们就来到了甘达峰山下，一片凹凸不平的地方，这里有许多险峻的悬崖，一不小心就会掉下去。两只母羊马上就向悬崖上攀去。当小羊们来到悬崖下面时，它们的体内生长出来一股全新的力量——就像小野鸭第一次遇到水时会勇敢地跳下去游泳一样，小羊们看到这种险峻的悬崖，也会产生爬上悬崖的想法。

小羊们用自己黑色的小蹄子将岩角紧紧地抓住，那蹄子就像一块磁铁一样吸附在上面。然后，它们颤颤巍巍地登上了岩石。只要爬上岩石，小羊的体内就像被注入了神奇的力量，它们娇弱的身体也仿佛长出了翅膀，沿着陡峭的悬崖飞奔到远方。

"啊！我真后悔！"

斯科蒂十分后悔自己没有把猎枪带在身上，而是放在了远处的岩石上——他现在后悔已经晚了。

如今，浓雾层层笼罩着甘达峰，大角羊们遁入其中，彻底不见了踪影。第二天，虽然斯科蒂又在山上寻找了整整一天，然而大角羊依然杳无踪迹。

对大角羊们来说，山上很高的地方并不是特别理想的生存所在。虽然这里岩石众多，但是，由于几乎全是岩石，杂草很少，因而不利于动物的生存。但是，如果想逃避敌人的话，那么，这里倒是非常安全的地方。

小羊们马上就能跟着母羊到处奔跑了，现在，哪怕美洲狮来追赶它们，它们也能跟在母亲身后顺利地逃脱。

小羊出生不久，雪就开始融化了，高原上很多地方长出了甜美的嫩草，大角羊们的周围到处都是丰盛的食物。

这两只小羊总是在一起彼此嬉戏，其中有一只身体特别结实，长着白色的鼻子。而另一只刚出生几天，头上就长出了小角疙瘩，因此，个头显得非常高。

它们时而相互追赶着跑跳，时而在妈妈身边嬉戏玩耍。它们最喜欢玩的游戏名叫"山大王"。这种游戏的具体玩法是：一只小羊先爬到岩石上，或是比地面略高一点的地方，然后，另一只小羊就追过去，把山上的那只小羊赶下去。

如果这只小羊拼尽全力也占领不了山头，那么，它就会说："哼！这山头已经玩腻了，我才不想要呢！"接着，它就会爬到另一个山头旁，并且咩咩叫着，好像是在怂恿对方："要是你有本事，那就上来，来抢走这个山头！"

于是，那只守住了山头的小羊就会从原来的山头跑下去，向着这只小羊所在的山头发动进攻。它会故意露出一种让对方害怕的眼神，还会把粉红色的小耳朵贴在脑后。等它们都爬到山上之后，两只小羊就会把圆圆的小脑袋靠在一起，使劲地推挤对方。

如果其中一只小羊的两条前腿跪了下来，那就表示它认输了，而输了的这方会马上转身跑掉，胜利的一方就这样赢得了这块"新领地"。

白鼻子小羊的体重比另一只小羊重得多，因此，它总是在这类推挤战斗中成为赢家。当然，如果让它们比赛跑的话，那么，它就会输给那只头上长出小角疙瘩的小羊。

到了夜里，小羊们会紧紧地依偎在妈妈的身边放心地睡觉。那只"小疙瘩"非常活跃，总是天还没亮就起床；而那只"小白鼻子"却要一直睡到很晚才起来，等它起床的时候，其他羊都已经在吃草了。

所有的大角羊都有自己独特的标记，那就是它们臀部上的白色圆形图案。小白鼻子的标记特别醒目——比起其他羊的标记，它的小屁股上的白颜色标记要大得多。每当太阳升起的时候,小疙瘩总是会用头上的角疙瘩顶正在酣睡的小白鼻子的屁股,直到把它弄醒才会罢休。

3. 羊群大家庭

很久以前,这里的大角羊原本是非常大的一群,但是,因为遭到附近的斯科蒂一年到头不停的追捕,现在,甘达峰上大角羊的数量已经所剩无几了。

斯科蒂把很多漂亮的公羊角堆放在了他家的房顶上,而且,他还在屋子里堆放着即将出售的山羊皮——这些山羊皮几乎占了他屋子一半的空间。

六月来临的时候,斯科蒂又开始了捕猎大角羊的行动,他带着猎枪上山了。但是,警惕的大角羊们很快就发现了他的身影。

母羊告诫小羊:"站在那里不要动!"于是,小羊们就在岩石上停下了脚步,这时的它们身上的颜色与周围的岩石几乎一模一样。很快,斯科蒂就走远了,于是,山羊们立刻逃向了远处。

有一天,当大角羊母子途经一片松林的拐角处时,闻到了一股从未闻到过的气味。

"这是什么气味呢?"于是,它们停了下来,准备仔细辨别一番。就在这时,一只黑色的动物从岩石后面跳了出来,恶狠狠地将小白鼻子的妈妈扑倒在地。

这是一只全身长满黑毛的可怕的狼獾，它的样子十分凶恶，只用了一眨眼的工夫就咬死了母羊，然后，它又立刻扑向还没来得及反应的小白鼻子——可怜的小白鼻子在它的面前根本没有反抗之力，就这样惨死在了它的魔爪之下。

突然出现的狼獾也把小疙瘩和它的妈妈吓了一跳，但是，一旦反应过来，它们就立刻逃了出去。小疙瘩妈妈的头上长着两只尖角，它们像钉子一样尖利。现在，我们就姑且叫它"钉子妈妈"吧。

钉子妈妈带着小疙瘩用最快的速度跑向甘达峰的陡坡，不一会儿，它们就爬上了高高的陡坡。狼獾杀死小白鼻子和它的妈妈以后并没有追赶过来，可能正在忙着享受这顿大角羊大餐呢。

小疙瘩跟着钉子妈妈来到了陡坡的最高处。钉子妈妈立刻站在最高点观察了一会儿周围的情况。

突然，钉子妈妈停下脚步告诉小疙瘩："有敌人！别动！"

原来，老头斯科蒂又在远方出现了。

随即，小疙瘩和钉子妈妈就在原地默默地静立着，一动也不敢动。不一会儿，斯科蒂的身影又消失在了树丛中。

小疙瘩在妈妈的带领下，一直逃到了非常远的地方。傍晚时分，它们总算到达了一座高山。这座山的名字叫亚库伊卡库。

它们发现，远处有一些特别小的身影，那是一些晃动着的动物的身影。钉子妈妈在对这些身影进行了长时间的观察后，确信那是一些大角羊伙伴。随即，它直接跑向了那边，小疙瘩也紧紧地跟在妈妈后面。

很快，钉子妈妈发现了两只公羊留下的脚印——虽然大角羊过着群居的生活，但是，在它们的世界里，母羊和公羊一般是分开生活的，只有当冬天来临时，它们才会生活在一起。而如今是春天了，所以，钉子妈妈没有继续追踪这两只公羊。

第二天，吃过鲜嫩的青草后，钉子妈妈和小疙瘩开始继续它们的旅行。这次，钉子妈妈闻到了一种气味，那来自一群带着孩子的母羊。于是，钉子妈妈立刻向着气味传来的方向追了过去。因为小白鼻子死去了，小疙瘩失去了一起嬉戏的伙伴，因而觉得非常寂寞。当它知道前面会有新的伙伴时，就兴高采烈地跟在母亲的后面跑了过去。

过了两三分钟，它们就找到了羊群。不过，它们现在只能躲在岩石后面偷偷地观察羊群。这个羊群中大角羊的数量有十多只，都和钉子妈妈保持着一定的距离。因此，当它偷偷地探出头对羊群进行观察时，羊群里的大角羊并没有看到它。不料，小疙瘩却把整个头都探了出去。如此一来，对面的羊群立即发现了它们。

它们的出现使羊群受到了惊吓，接下来，羊群不停地发出警戒的声音。很快，它们就站在原地，像石头一样一动不动了。

钉子妈妈和小疙瘩慢慢地走了过去。这时，从羊群里走出了一只母羊，停在钉子妈妈面前，不断地用前脚敲打地面，发出"咔嚓、咔嚓"的声音。之后，这两只母羊都低下了头，用羊角彼此相撞，发出了"咔"的一声——就这样，这两只母羊之间的搏斗开始了。

因为钉子妈妈的力气更大,很快,另一只母羊就停了下来,回到了羊群中。随即,钉子妈妈带着小疙瘩跟在那只母羊身后,从容地走进了羊群。随着钉子妈妈和小疙瘩不断地靠近,对面的大角羊们顿时围拢了过来。

其实,刚才两只母羊之间的搏斗,只是一种接纳新成员加入羊群的仪式。

4. 大角羊的首领

这个羊群里一共有八只小羊，但是，这八只小羊的个头都要比小疙瘩大，这是因为它们的年龄比较大。钉子妈妈加入羊群后，母羊们都把钉子妈妈当作羊群中的一员，但是，小疙瘩却还没被小羊们完全接纳。

其实，小羊的世界里有一个不成文的规定——是否会接受新伙伴，也要经过一番比试——当然是以彼此力气的大小来决定。是以，这群小羊立刻就开始欺负小疙瘩了。

只见一只小羊悄无声息地从小疙瘩的后面顶了过来，等小疙瘩转过身子时，别的小羊又从其他方向向它顶了过来。这下子，小疙瘩一会儿转向这边、一会儿转向那边，必须不停地变换身体的方向，弄得它左支右绌，实在难以招架。

即便如此，它依然不停地遭到其他小羊的攻击。不得已，小疙瘩只好向妈妈求助。于是，它逃到了钉子妈妈的肚子下面。

在钉子妈妈的保护下，小疙瘩暂时安全了。但是，小疙瘩也不能一被欺负就去寻找妈妈的保护呀。

第二天早上，发生了一件让人非常气愤的事情——天刚亮的时候，这群小羊就聚集起来，准备接着欺负小疙瘩。

尽管那只个头最大、最强壮的小公羊头上尚未长出羊角，但是，它觉得欺负小疙瘩特别有意思，于是，一大早，它就率先冲向了小疙瘩，而这时小疙瘩才刚刚睡醒，正准备起床呢。

一般情况下，当羊准备站起来的时候，一定要先用后蹄支撑着身体。那只小公羊就是利用小疙瘩的后蹄尚未站稳的时机冲了过来。可怜的小疙瘩突然遭到这样的攻击，居然在地上打了好几个滚。

这下子，小疙瘩被惹怒了，它立刻从地上跳了起来，狠狠地朝小公羊顶去。它们的头挨在一起，奋力地用自己的角去推对方。

开始的时候，小疙瘩根本打不过小公羊，它被顶得不停地向后退，但是，小疙瘩头上刚长出的小角成了它的助力，它用角尖朝着小公羊的侧腹刺去，几下之后，那只欺生的小公羊因为感到疼痛，只好灰溜溜地逃跑了。如此一来，小疙瘩反败为胜，把来挑衅自己的小公羊打败了。

如今，小疙瘩已经不会被任何一只小羊欺负了。

接下来，新的羊群接受了钉子妈妈和小疙瘩，它们能够安心地在这里生活了。当然，无论哪种动物，都会去寻找让自己更加安全的生存场所。而在此过程中，伙伴们之间不免要发生一番争斗。

如果想成为野生动物的首领，那么，不仅要拥有强大的体力，还要具有卓越的智慧，最重要的是能够率先观察到敌人的位置，并把同伴迅速地带到安全地带——只有获得了这些本领，才能成为一个群体的首领。

与人类社会的选举制度不一样，羊群里的首领是一只能够让大家相信"跟着它走最安全"的动物。当大家都跟着它的时候，它就自然而然地成了首领；当它们不想再追随这个首领的时候，这个首领就会自动离开群体。

接纳钉子妈妈和小疙瘩的这群大角羊的首领，是一只见多识广的母羊。与钉子妈妈相比，它的身材略小，而被小疙瘩打败的那只小公羊就是它的孩子。

这位头领的头顶长着一对短角，就像庄稼被收割后剩下的余茬儿一样。而它之所以能够成为这个羊群的首领，就是因为每只母羊都觉得追随它是最安全的。

在羊与羊之间是没有名字的，但是，为了方便讲述故事，我们就把那只大角羊首领称为"余茬妈妈"吧！另外，我们把那只小公羊——也就是它的儿子称为"小歪扭"吧，这是因为这只小羊后来长出了一对歪歪扭扭的羊角。

如今，小疙瘩的妈妈正值年轻力壮的时候，而且，它目光锐利，头脑睿智，无论发生什么事情都非常沉着冷静。它一直谨慎地观察着四周，一旦发生某种情况，它就能立刻做出判断，从而让大家安全地逃脱。

如果它发现了异常的情况，也会马上告诉同伴。羊群接到它的通知后就会马上停下来，静静地站在原地。当然，余茬妈妈总是率先发现危险，钉子妈妈是第二个。如今，在这个羊群里，钉子妈妈的地位只比首领余茬妈妈略低一点。

5. 邂逅美洲狮

在这个羊群里，有一些行为非常古怪的羊。

一只年轻的母羊在吃草的时候，总是喜欢把两只前蹄折起来，然后，用膝盖顶着地面。当然，别的羊绝不会模仿这种方式——这是一种非常懒惰的方式。而且，用这种姿势吃草，会让膝盖上的皮变得非常硬，从而对蹦跳的灵活性产生影响。

由于这只母羊长期跪着吃草，于是，它的膝盖处长了一层厚厚的"垫膝布"，如此一来，它就不再具备快速地向两边跳和向后跳的能力了。在躲避敌人的时候，大角羊总是会左右弹跳着逃跑。但是，这只母羊如今已经丧失这种逃生本领了。

还有一只母羊也很奇怪，它不仅个头长得小，而且非常不听话。当大家都静止不动的时候，它却总要摆动身体，这样就非常容易暴露羊群的位置。

夏天渐渐来了，大角羊们似乎在渴望着某种东西，它们都表现得非常焦虑。不过，它们却不知道自己到底在盼望什么。现在的它们站着的时候多，吃草的时间则越来越少了。

最后，羊群在余茬妈妈的带领下走出了大山。对羊群来说，这是一件非常危险的事，因为越是在山峰的低处，羊群的敌人就越多。但是，余茬妈妈依然选择离开山峰，带着羊群一起走下了山。

此时，对于羊群来说，它们所走的这条路都是第一次行走。

钉子妈妈似乎感觉到了什么——它总是觉得不安，认为前面会有危险。但是，它没有别的选择，只能跟着大家一起走。在路上，它多次停了下来，倾听着四周的声音，观察有没有危险。

可余苍妈妈根本没有停下来的意思，而且，它的动作表现出了对此满满的自信。是以，尽管大角羊们有点害怕，但依然选择顺从地跟随在它的后面。

就这样，羊群从高山上走了下来。平时，大角羊们都在地势较高的地方生活，很少来到这么低的地方。

过了一会儿，余苍妈妈停了下来，一直注视着前方，还把两只耳朵竖了起来，别的大角羊们也都盯着同样的方向。突然，大角羊们都来了精神。现在，前面出现了它们都希望得到的东西：那是一条很长的白带，就在宽阔的陡坡上。

余苍妈妈第一个来到白带的最上方，别的大角羊也跟了上去。

它们不断地舔着这些白色的东西。对于这些大角羊来说，这东西似乎非常好吃，不管怎么舔也舔不够。

就这样，大角羊们舔着舔着，觉得嗓子不渴了，耳朵和眼睛的热度也在一点点下降。此外，头疼也好了，发烧且刺痒的皮肤也变凉了，因为消化不良引起的胃病也有了好转。

它们就像吃了"仙药"一样，身体的感觉越来越好。原来，它们舔食的东西就是大自然生产出来的盐。那个地方就好像是专门替野生动物们准备的调理身体的"舔盐场"。

活了大半辈子的余苍妈妈自然知道这个地方在哪里，所以，每到夏天来临的时候，它就会带着同伴们来这里。

一转眼，两个小时过去了，大角羊们都吃了很多。自然，它们都觉得特别开心，然后，才决定在余茬妈妈的带领下再次回到山峰。

在舔盐场周围长着许多茂密的青草，大角羊们吃过盐之后，立刻又吃起了青草。但是，这里却非常危险——这片溪谷的两侧都有森林，如果敌人躲在那里，并悄悄地靠近它们，那么，它们将很难发现敌人的踪影。

余茬妈妈和钉子妈妈的想法一样，都想让大家尽快回到高山上去，于是，它们带头走出了这片草地。但是，这样一来，别的羊就不太高兴了——它们特别想在草丛里多留一会儿，再多吃一点儿草，从而消解一下一路走来的疲惫。

其中，小歪扭的表现最为突出。当羊群走出草丛时，它依然留在那里吃个不停。

走到半路时，余茬妈妈突然发现小歪扭不见了，于是，它折返回去寻找自己的孩子。当回到溪谷时，余茬妈妈才发现由于自己的疏忽，其他大角羊也跟着它一起折返回来了。如此一来，羊群就不能在天黑前赶回高山，只得在森林里度过难熬的夜晚了。

天黑以后，一头凶猛的美洲狮走向了这边。对鹿和山羊来说，美洲狮算得上是最大的敌人了。它们是专门猎捕山羊的猛兽，虽然美洲狮的身体庞大，但是，在接近猎物的时候，它们却能做到不发出一点儿声响。

此时，这头美洲狮已经嗅到了这群正在森林里休息的大角羊的气味，于是，它就悄悄地向这里走来。走着走着，它无意中踢到了一粒小石子，这粒小石子从陡坡上滚落下来，发出了一声细微的响动。

钉子妈妈听到了小石子滚动的声响。它立刻发出了"呜"的一声警告，接着，就带着小疙瘩跑了出去，然后爬到了一个陡峭的悬崖上。这时，这只美洲狮已经闯入了羊群。看到美洲狮来了，大角羊们立刻四散逃命。

余茬妈妈告诉小歪扭："紧紧地跟在我后面！"然后，它奋力跳了起来。结果，不听话的小歪扭却跑向了另一条路——在它眼里，那个地方才是最安全的，所以，它没有跟在妈妈的后面。结果，它还没跑开多远，就发现这里只剩下它自己了——别的大角羊都躲了起来。

于是，它高声喊道："妈妈呀，你在哪儿？"

逃跑中的余茬妈妈听见小歪扭的叫声，不顾凶猛的美洲狮的威胁，再次返回了溪谷。但是，狡猾的美洲狮正在那里等着它呢，一转眼，它就扑上去把余茬妈妈杀死了。

杀死余茬妈妈后，美洲狮贪心不足，又扑向别的大角羊。好在，机灵的大角羊们弹跳着躲开了美洲狮的攻击。而此时，那只总是跪在地上吃草的懒羊也落入了美洲狮的魔爪。

其他的大角羊们纷纷爬上了岩石，它们总算安全了。

等它们停下来的时候，才发现余茬妈妈已经被杀害了，而一直带着它们逃跑的居然是钉子妈妈。

6. 新首领的诞生

这时,只听"咩——"的声音,悬崖底下传来了小羊的叫唤。

而唯一回应它的就是羊群里的钉子妈妈,于是,小羊就循着钉子妈妈的回应声爬上了悬崖。这只小羊就是小歪扭,它走向羊群,却没有找到自己的妈妈——如今的它已经是一个孤儿了。

渐渐地,天亮了。很快,白天就过去了,又到了黄昏时分,小歪扭依然孤零零的,它悲伤地呼唤着自己的妈妈,但是,没有得到任何回应。

这时,还是钉子妈妈回应了小歪扭——这表示钉子妈妈愿意接过照顾它的义务。于是,小歪扭就走到了钉子妈妈的身边,偷偷地藏在了小疙瘩的旁边。

钉子妈妈是一只非常聪明的羊,可能在羊群里再也找不到比它更聪明的大角羊了,因此,钉子妈妈就成了这群羊的新首领。而小歪扭则和小疙瘩一起成了钉子妈妈的孩子。

虽然小歪扭是个孤儿,而且它得到了钉子妈妈的悉心照顾,但是,它并不懂得感恩——不仅不感谢钉子妈妈和小疙瘩,还一门心思地想要赶走小疙瘩,以独享钉子妈妈的乳汁。

如今的小疙瘩已经长大了,而且,它的气力完全不输小歪扭。再加上小疙瘩也是一只非常聪明的羊,于是它就采用了比过去更加聪明的战斗方法。有一次，它把小歪扭狠狠地教训了一顿。而被小疙瘩教训过的小歪扭也慢慢变得温顺起来。

虽然它们从那之后再也没有吵过架，但是，小歪扭却一直对小疙瘩心怀恨意，它表面上不露声色，暗地里却打着自己的小算盘，总想找个机会狠狠教训一下小疙瘩。

随着小羊们渐渐长大，它们头上的角也长出来了，而且越来越长。小歪扭的歪角已经变粗了，小疙瘩头上的角也不再是小疙瘩了，所以，我们现在不能再用小名称呼它们了。我们就把小歪扭叫作"歪犄角"吧。至于小疙瘩，我们就叫它"卡拉格"吧。

卡拉格这个名字，是几年以后甘达峰周围的人们给它起的。随着时间的流逝，这个名字永远地存留在了与这座山峰有关的历史里。

卡拉格和歪犄角的身体与智慧一起飞速成长着。这一年夏天，它们学会了野山羊这一族群所有的生存本领。它们学会了怎样跳着躲避敌人，怎样爬上悬崖——或许，它们现在已经比妈妈做得更好了。而且，它们还学会了一些小门道，还记住了通往附近舔盐场的路。

即便如此，卡拉格和歪犄角还时不时地去吃钉子妈妈的奶。不过，此时，头上的犄角却变成了它们吃奶的障碍。如此一来，吃奶变成了一件非常困难的事。于是，钉子妈妈下定决心给它们断奶了。

只要断了奶，卡拉格和歪犄角就必须离开钉子妈妈，开始它们的独立生活。那一年，大雪伴随着狂风，纷纷扬扬地落了下来。而对于卡拉格来说，这一切都会使其变得与众不同。

在钉子妈妈所带领的羊群中，有些小羊在慢慢地长大后并没有脱离羊群。但是，它们已不再像以前那样，总是跟随在钉子妈妈左右了。

有一只两岁的小羊觉得自己已经长大了，而且又非常聪明，因此就越发不听话了，变得我行我素起来。但是，很快，老猎人斯科蒂就捕获了它，并且剥下了它的皮，和别的大角羊皮一起堆在了他的小屋子里。

看到自己的孩子慢慢长大，能够独立生活了，母羊们都不由得松了一口气。随即，它们开始了寻找公羊的旅程。

到了夏天，即便母羊群能够找到公羊群，它们也会远离公羊。但是，到了冬天，因为天气非常寒冷，它们需要彼此靠近、相互吸引，于是，大角羊的交配期眼看着就要到来了。

如果公羊群发现了母羊群，或者母羊群发现了公羊群，它们就会相互传递信号——这一年的冬天也是如此——等它们传递完信号，两队羊群就会立刻向一起靠拢，公羊会去寻找自己喜欢的母羊。

这时，有两只公羊走向了母羊群，它们长得非常健壮，头上还长着漂亮的大犄角。

这两只公羊十分得意地晃动着肩膀和犄角，来到了母羊们面前。虽然，之前母羊们一直在寻找公羊的踪迹，但是，当它们真的跑上前时，那些母羊却含羞带怯地转身跑开了。这两只公羊看到母羊跑了，急忙向前追赶上去。于是，就出现了母羊在前面一个劲儿地跑、公羊在后面一个劲儿地追的画面。

好在，最后，母羊们终于给这两只公羊颁发了"特许证"——这两只公羊正式成了母羊队伍中的成员。

然而，就在这时，刚才还一起追母羊的那两只公羊却扭打了起来——这真是一件吓人的事。这两只公羊都使出全力，互相用漂亮的犄角顶向对方。犄角的碎片撞得四处飞扬。可是，它们都非常顽强，谁也不愿意退让。这可真是一场激烈的战斗。最后，体重较重的那只公羊获胜了，而体重轻的那只公羊只能离开了羊群。

这场激烈的配偶争夺战就此宣告结束。

这件事让卡拉格和歪犄角非常惊讶。虽然事情就发生在它们眼前，虽然它们两个也是公羊，但是，它们居然被取胜的公羊彻底忽视了——在那只获胜的公羊眼里，它们太过弱小，不仅力气不够，犄角也很小，而且没有成熟的战斗经验，根本不可能对自己形成威胁。

之后，获胜的公羊带领着母羊们走向高处。虽然刚才这只公羊表现得极为凶猛，但是，在面对母羊的时候，它却显得十分温和亲切。

天空开始下雪了，如今，溪谷里的地面上堆了厚厚一层积雪，一点儿草都看不见了。好在，高处受到风的吹拂，雪无法盖住地面，因而草尖就露了出来。对羊群来说，在这里不仅能够找到非常美味的食物，而且因为地势比较高，也便于观察，能够在敌人尚未靠近时及时发现它们。所以，对大角羊们而言，这里是最安全的地方。于是，羊群就在这里居住下来了。

冬天过去了一半的时候，那只获胜的公羊首先离开了羊群。对于公羊的离去，母羊们并没有表现出哪怕一点点挽留之情——它们又恢复了过去那种跟随钉子妈妈生活的日子。

冬去春来，到了六月初，这里的母羊几乎都各自生下了两只小羊，不过，钉子妈妈还是像去年一样只生了一只。现在，钉子妈妈把注意力从卡拉格身上转移到了新出生的小羊身上，一心一意地哺育新生的小羊。

有一天，钉子妈妈正准备喂这只小羊吃奶，别的羊就发出了危险的警告："敌人过来啦！"

听到警告后的大角羊们立刻像以前那样停止了活动。没想到，一只刚出生的小羊却走了出来，站在了钉子妈妈的跟前。

只听"砰"的一声枪响，这只小羊便倒下了，站在它后面的钉子妈妈叫了一声后也跟着倒下了。

中弹的这只小羊已经死了。受伤的钉子妈妈顾不上身体的疼痛，赶紧从地上跳了起来，一边寻找自己的孩子，一边往岩石上爬。

这时，枪声又响了起来，钉子妈妈看到了一个人——正是去年想抓住卡拉格的那个男人。

钉子妈妈一边焦急地招呼着自己的孩子："都跟在我后面！"

一边赶紧跑向远处。但是,刚才的那颗子弹在穿过那只乱动的小羊之后,又打中了钉子妈妈的腰部。现在的钉子妈妈正带着伤忍痛前行,它的孩子们紧跟在它的身后。很快,其中一只小羊就跑到了钉子妈妈的前面,直接冲向前去。

钉子妈妈已经不记得从什么时候开始,眼前的伙伴和敌人都不见了,它只知道拼命地向山上攀登。当它面前终于出现了一条白色的长带(那是一片尚未融化的积雪)时,它总算强撑着到达了高地。

此时,它的身体正在发热,浑身疼痛难忍,它想把自己的身体泡在雪里降降温。随即,钉子妈妈像一座崩塌的山一样倒了下来。要知道,钉子妈妈可是带着重伤往高山上爬的,而且,在攀登的过程中,它已经耗尽了全部体力,腰部的伤口处拖出了一条又长又黑的血线。

就这样,可怜的钉子妈妈气息渐渐变弱,最后,它终于慢慢地合上了疲惫的双眼,永远地离开了。

只有一只小羊还跟在钉子妈妈的身边,它一直在看着钉子妈妈,但是,它还不知道妈妈为什么会一睡不醒。此时,它又饿又冷,而妈妈却一直没有醒来。最后,这只不幸的小羊也死了——那些专吃动物尸体的乌鸦已经落在了它的身上。

7. 公羊首领

如今,卡拉格已经长成了一只英俊不凡的大角羊,有着十分漂亮的犄角,而且,身高远超羊群中所有的母羊。歪犄角也长大了,不过它要比卡拉格矮一点,犄角也没有卡拉格的那么好看——那是一对又粗又短,而且十分粗糙的犄角。

秋天慢慢地走了,又到了大角羊们交配的时间。和过去一样,那只漂亮的大公羊再次出现在羊群中。这只大公羊一走进卡拉格所在的羊群,所做的第一件事就是把包括歪犄角和卡拉格在内的几只年轻的公羊从羊群中赶了出去。

尽管不愿意离开羊群,但是,卡拉格它们现在还不是那只大公羊的对手,不得已,它们只能无奈地成了被驱逐的对象。在之后的四年里,它们不得不在羊群外游荡,直到自己一天天变强。最后,它们不想再过这种独身生活了。

很快,卡拉格就成了一个新羊群的首领。而它之所以能成为羊群首领,一方面是因为它继承了钉子妈妈非凡的智慧,另一方面是因为长期独处的生活锻炼了它的体力,也让它学到了更多生存所需的本领。

卡拉格统治着一个完全由公羊组成的羊群,这个羊群里的每只公羊都对未来抱有美好的憧憬,即成为大角羊族的首领。因为如此一来,自己就能成为羊群的头儿。

现在的卡拉格不仅长得越来越英俊，身体越来越强壮，而且格斗的本领也越来越高。同样，它儿时的伙伴歪犄角也变得更加强大了，但是，它一如既往地讨厌卡拉格。因此，自从加入新羊群以后，它已经找借口和卡拉格打过好几次架了，不过，每次都是以失败告终。

一次，歪犄角甚至把卡拉格逼到了悬崖边，但歪犄角依然失败了。卡拉格则反败为胜，狠狠地教训了歪犄角一顿。最后，歪犄角索性离开了这个羊群。

要知道，此时的卡拉格已经变得人见人爱，绝对是一只极为出色的公羊了。当它在险峻的岩石上奔跑的时候，给人的感觉就像一只飞翔的小鸟。其实，卡拉格的体重已经远超一百三十千克了，但它只要在岩石上奔跑起来，就像没有重量一样。随着它那优美的身体不住地摆动，它的身上居然会变幻出好几种颜色，美得就仿佛传说中的妖精一般。

此外，卡拉格头上的犄角也长得罕见的漂亮，不管是宽度还是长度，都是别的大角羊所不能与之相比的。而且，随着时间的推移，它的犄角还在不断地生长，就像树木有年轮一样，卡拉格的犄角上现在已经有五个"年轮"了。

卡拉格的眼睛也非常美丽，小的时候它的眼睛是浓茶色的，如今变成了金黄色，而且闪闪发光，从远处看就像宝石一般。

现在，卡拉格的体内好像具有无穷的力量，因此，它非常喜欢和别的公山羊顶犄角。此外，它还很喜欢攀登极高的悬崖，然后跳到对面的悬崖上去。对卡拉格而言，这段时间是它生命中最快乐的一段时光。就连它平时连想也不敢想的地方，它也会去尝试一下——除了从一块岩石跳向另一块岩石，它似乎更喜欢从一个悬崖跳向另一个悬崖。

当遇到美洲狮或是别的敌人时，卡拉格就会像飞翔的鸟儿一样在岩石和悬崖之间不停地奔跑，很快就会把对方甩得远远的。如果有鹿群想爬上山的高处，它会用它的犄角阻止它们上山，并且把鹿群追到山下。对它来说，这绝对是一件快乐的事情。

现在的卡拉格美丽又耀眼，极为引人注目。很快，冬天又到了，大角羊们交配的季节正式开始了。而卡拉格也凭着自己的能力让所有的大角羊向它臣服。

在公羊群中，当然也有别的公羊，它们在这时一样变得非常活跃，因为它们体内的精力实在太充沛了，急于找到发泄的渠道。你会发现，它们好像都在迫切地寻找着属于自己的意中人。

8. 大角羊首领卡拉格

过了一段时间，卡拉格就带着羊群找到了一些大角羊的蹄印。接着，它们马上顺着蹄印不断地追了上去。很快，它们就看到了远处的一群母山羊。

现在，卡拉格带领着自己的羊群，从后面不停地追赶着母羊群。最后，它们追上了母羊群，在完成了公羊和母羊见面的必经仪式之后，公羊就会成为母羊群中的成员。

不过，这种友好只是暂时的。很快，公羊们就开始扭打起来。因为它们要得到对这一群母羊的专属权。

尽管别的公羊也想成为母羊的拥有者，但是，卡拉格是无敌的。经过几番殊死搏斗，别的公羊被卡拉格赶出了羊群，卡拉格自然而然地成了母羊群的新首领。现在，母羊们都非常尊敬它，愿意听从它的指挥，卡拉格为此非常得意。

但是，这样的日子只过了两天，因为就在这时，母羊群遇见了两只公羊。其中一只公羊个头儿很大，体重也与卡拉格差不多。不过，从犄角的漂亮程度来说，这只公羊可比卡拉格差太多了；而另一只公羊居然是和卡拉格从小一块儿长大的歪犄角。此时，那只大块头的公羊气势汹汹地走进了羊群，想要挑战卡拉格的首领位置。

为了维护自己独一无二的地位，卡拉格不得不与之战斗。见状，它立刻冲向了来挑衅的公羊。随着一声可怕且巨大的"咔嚓"声，它们的犄角相互撞到了一起。接着，它们又同时向后一跳，再次向着对方冲过去。几个回合下来，那只公羊居然一点儿也不比卡拉格差。

两只公羊都年轻气盛，精力旺盛，于是，它们的犄角每次撞击都会碎片四散。两只公羊都不停地喘着粗气——这可真是一场恶战！因为它们的力气和体形都相差无几，因此，一时之间很难分出输赢。

突然，卡拉格牢牢地站住脚跟，左角机灵地避开对手的右角，在头上注入了很大的力气。看上去，它好像准备一下子撞倒对方。不过，出人意料的是，此时，它遇到了一件可怕的事。

原来，它的侧腹突然遭受了撞击，这让它不由得踉跄了好几步，差一点从悬崖上掉下去。然而，就在最关键的时刻，卡拉格展现出了自己非凡的能力——它猛地一个回转，将眼看就要掉落悬崖的身子硬生生地转了回来！

原来，在刚才的战斗中，偷袭它的就是小时候的伙伴歪犄角，因为卡拉格及时把身子转了过来，而歪犄角却用力过猛，于是，它自己反而从悬崖上掉了下去，直接落入了谷底。卡拉格用眼角的余光看到了整个过程，觉得这是歪犄角应得的下场——原本它就想用可耻的手段将卡拉格置于死地，没想到最后反倒断送了自己的性命。

卡拉格刚一站稳，就集中全力冲向敌人。最后，它把那只公羊撞倒在地，见势不对，对方从地上跳起来就仓皇逃跑了。这样一来，卡拉格凭借非凡的实力保住了自己首领的地位。

如今，老头斯科蒂已经从巴库河岸搬到其他地方去了，因为附近山上的大角羊几乎都被他猎光了，没有什么可供他捕杀的了。后来，他听说有人在科罗拉多州发现了金子。于是，他就舍弃了自己在巴库河岸的小房子，急急忙忙地赶去科罗拉多州淘金去了。

在斯科蒂离开的这五年里，卡拉格成功地当上了羊群的首领。而且，与它一起生活的大角羊没有一个不是本领出众之辈——那些笨拙的大角羊一个个都被淘汰了。

　　因为远离了猎人的捕杀，所以在这五年的和平生活里，大角羊的数量在持续增加。而聪明的卡拉格更是把从钉子妈妈那里学来的知识与自己的生活经验结合起来，让自己变得越来越聪明，并且，它还非常及时地把这些知识传授给了自己的同伴。

　　卡拉格总结出一些经验，这对于羊群的生存而言非常重要——其中一条就是不要到危险的山底去寻找盐，而是要到地势较高之处寻找新的舔盐场。如此一来，它们就不用再冒险去溪谷那个危险的舔盐场了。

　　卡拉格还总结出一个特别管用的教训——假若远处有子弹飞来，即便跑得再快也会被子弹打中，而且概率特别高。因此，与其逃跑，不如站在原地不动。自然，它把这个知识也传授给了别的羊。于是，大角羊们又学会了一种逃避子弹的方法。

　　可是，有一年，一种传染病开始在羊群中流行。结果，在传染病的肆虐下，很多小羊和母羊都病死了。虽然卡拉格顽强地活了下来，但是，这场传染病还是给它的身体造成了极大的伤害。这一点从它头上的犄角就可以看出来——在这一年里，它的犄角没有继续生长。而且，它似乎长到尽头了，以后再也没有长大过。

9. 大角羊的奇迹

五年以后，斯科蒂老头重归故里——巴库河岸。这时，他的年纪已经很大了，不过，他行走在山间的步伐依旧十分稳健。不同的是，他的双眼不再像过去那样好用，因为他的视力下降了，稍远一点的东西都看不清楚了。为了弥补这个缺陷，他买了一副双筒望远镜。

他的小房子已经十分破旧了，需要重新修补。而在修修补补之前，他找时间去山上转了转，猎杀了一些野兽。在山上，他发现了两群大角羊。在其中一群羊里，他还看到了一只极为特别的公羊——它的犄角格外引人注目。一看到这对犄角，斯科蒂就来了兴致。

斯科蒂拿着望远镜，认真地看了又看，失声叫道："嘿，多么稀有的犄角啊！哈哈，我一定要把它捉到手，拿到这对犄角，它很快就是我的啦！"

于是，他决定搬回来住，并用两天的时间修理了原来的破房子。对大角羊们来说，斯科蒂的出现表示和平时代结束，痛苦时代即将来临。

斯科蒂很快就进山开始了猎捕大角羊的行动。但是，因为年老体衰，他根本赶不上它们。要知道，比起五年前的大角羊，现在的大角羊们可谓脱胎换骨了。在卡拉格的影响下，它们变得非常聪明，跑得也非常快。虽然斯科蒂曾多次在望远镜里找到卡拉格它们的踪迹，但是，当他经过数小时的跋涉后，还没等靠近，它们就远远地躲开了，什么踪迹都没有留下。

一个阳光明媚的午后，斯科蒂的小屋里来了一个叫李的牧人。虽然李只是一个牧人，但是他天生喜欢打猎。因而，他特别喜欢猎狗和快马。他拥有三条非常威猛的猎狗，它们都是天生适合狩猎的狗。

于是，李对斯科蒂说："要是我的狗去追赶这里的大角羊的话，那一定是非常热闹的场面！"

但是，斯科蒂对李的话不以为然，甚至露出了嘲讽的笑容。他说："你是从平原来的吧，所以，你根本不知道生活在这里的大角羊的情况。在说大话之前，我想，你还是应该先去看一看。如此一来，你就会有不同的看法了。"

李说："那好，现在，我们就一起去看看，这里的大角羊究竟生活在一个怎样的地方！"

李带着猎狗和斯科蒂老头一起进了山。他们直接来到了甘达峰山脚。不一会儿，斯科蒂就发现了卡拉格的身影。但是，当他们悄悄地向羊群靠近后，却发现这里根本就没有羊！

卡拉格它们就像平地消失了一样，彻底失去了踪迹。其实，这时，卡拉格和伙伴们并没有逃远，而是在岩石之间藏了起来。

要是在平时，斯科蒂就会回去了，但是，今天不一样，他们带了三条出色的猎狗。猎狗们不停地嗅着地面，突然大声地吼叫了起来。就在这时,一只动物从近处跳了出来,那动物的头上有着两只非常引人注目的犄角,它就是卡拉格。

斯科蒂大叫:"啊,是卡拉格!"

是的,这就是斯科蒂一直以来屡次想抓捕却难以近身的大角羊首领卡拉格。

随着卡拉格的出现,大角羊们接连跳了出来。现在,李和斯科蒂都紧紧地握着枪,一时半会却不敢开枪——因为三只猎狗都去追大角羊了,如果开枪,就很容易伤到猎狗。

这群大角羊在卡拉格的带领下逃到了远处的高原,在岩石上飞奔着。它们就像一根摇动着的带子,连成一长串不断向前奔跑。

在凹凸不平的岩石地带里,猎狗的优势很难发挥出来。

当然,李和斯科蒂也没有闲着,他们在和猎狗一起追赶大角

你好，野生动物朋友❷
Wild Animals I Have Known

羊。你会发现，现在的情况是：大角羊跑在最前面，猎狗在中间，最后面是两个男人。大角羊们一个接一个地向着高处奔跑。

在岩石地带连续奔跑了两三千米以后，大角羊和猎狗之间的距离慢慢拉近了——猎狗在一点一点地缩小自己和大角羊之间的距离。

卡拉格它们现在面临的是十分可怕的命运，因为，在它们的前方出现了一个极陡的悬崖，而从悬崖到谷底，至少也有一百五十米的距离，一不留神就会落个粉身碎骨的下场。

好在，这个悬崖的对面也是一个悬崖。然而，两个悬崖之间离得特别远，即便卡拉格具有超强的跳跃能力，也无法从这个悬崖上飞越过去。所以，对于卡拉格它们而言，要么跳下悬崖摔死，要么任由后面的敌人冲上来把自己杀死——除此之外它们没有别的路可走。

现在，大角羊们已经来到了死亡之崖的边缘，而首领卡拉格决定着羊群最后的命运。

让人没想到的是，就在此时，奇迹发生了。只见卡拉格纵身一跃，从悬崖上跳了下去，而它的身体迅速地隐没在深谷里。原来，它并不是选择了葬身谷底，而是在跳下去的时候，目光一直盯着对面悬崖下方与自己相距大约九米远的地方——那里有一块只略大于它的鼻子的凸出的岩石。

于是，当卡拉格的前蹄与那块凸起的岩石接触后，借助岩石的力量，它立刻把身子扭过来，然后发现了另一侧悬崖的岩石尖,那个地方只略低于它现在的位置,卡拉格飞快地跳向了那块岩石……就这样,卡拉格斜穿过溪谷,一直落到了谷底——它的蹄子就像坚硬的橡胶,在用蹄子将岩石角抓住之后,它会立刻转身跳向对面的崖壁上略低于它的身体的岩石。

这样一来,两个悬崖不仅没有阻挡卡拉格,而且,凭借它出色的观察力和强大的弹跳力,两个悬崖居然成了它的救命谷地——它倾斜着在其间穿梭,一口气跳到了谷底的空阔地带,那里非常安全。

别的大角羊们紧随其后,就像卡拉格那样,一只接一只地从陡峭的悬崖上跳了下来,它们用"之"字形跳跃方式,从一侧的悬崖跳到另一侧的悬崖。然后,再跳回来。接着,再跳过去,而每一次都会往下一些……如此反复,最后,大角羊们都平安地跳到了谷底。

从远处看,因为这些大角羊一只跟着一只,看起来就像是悬崖间流淌着一条灰色的瀑布——假如其中的任何一只发生意外,那么,后面的伙伴就会落到它的身上,最后一起跌下谷底。

幸好,这样的事情并没有发生。

当最后那只山羊向下跳的时候,后面追上来的三条猎狗居然也跟着跳了下去。但是,它们都不出意外地掉到了谷底。之后,猎狗们被谷底的河流吞没,一瞬间就被冲得不见踪影了。

紧随其后赶来的斯科蒂和李默默地站在悬崖边,目睹了发生的一切。因为山谷很深,最后,大角羊和狗都从他们的视线里消失了。

过了一会儿,李用悲伤的音调喊着三条猎狗的名字:"布莱恩!阿依达!露露!"虽然他用尽了力气呼喊,但是,得到的回应只有轻轻吹过陡峭悬崖的山风。

10. 大战群狼

因为痛失了三条爱犬,李的心情无比糟糕。但是,几天以后,他又回到了小草屋,劝说斯科蒂一起进山了。

两个人一起走向高处,斯科蒂在举起望远镜向四处张望时,突然大叫:"呀,那不是卡拉格吗?这家伙居然还活着!"

李从斯科蒂手里拿过望远镜看了一会儿,也说道:"是的,它们都活着,只有我那三条可怜的猎狗摔死了。今天,我要把它们一网打尽,替我死去的猎狗报仇!"

于是,他们开始商量怎样捉住卡拉格。他们的计划是:首先,斯科蒂走向那些大角羊,故意把自己暴露出来,好让卡拉格发现他。这样一来,就可以把卡拉格的注意力全部吸引过去。其次,李再在卡拉格它们逃跑的必经之路上埋伏好,等到大角羊们经过时就把它们一网打尽。

为了能让卡拉格看到自己的身影,斯科蒂故意选择向地势高的地方走去。虽然,此时他的视野所及还没发现卡拉格,但是,能够肯定的是,他的出现一直吸引着大角羊们的注意力。

而李则悄悄地来到了大角羊们的必经之路，很好地隐藏了自己的行踪。李藏好身体后，不一会儿，羊群们就向这边跑了过来。他们的计划眼看着就要成功了。

就在李准备把羊群一网打尽时，一件让所有人意想不到的事情发生了——下面的森林里突然跳出了五头狼，直接冲向了这群大角羊。

卡拉格它们飞快地奔跑着，不一会儿就来到了陡峭的山崖边——在高耸入云的崖壁的半山腰处有一条小路，这是大角羊们的必经之路。只有通过这条路，它们才能逃到山崖那边。

悬崖上的这条小路非常险峻，一侧是像刀切一般的垂直崖壁，另一侧是让人头晕目眩的山谷。而且，小路的宽度只能容一只大角羊通过。因此，一不小心大角羊就会从这里掉下去。

就在羊群穿过这条小路时，一只母羊稍不留意便被一根凸起的树根绊了一下。结果，它比别的大角羊慢了许多——那些紧跟在后的狼很快就要追上它了。

这时，羊群的首领卡拉格停下了脚步，把那只母羊让了过去，而它自己则在这条险峻的小路中间转过身子，面对着那些狼奔来的方向，等待着它们的到来。

这时，卡拉格就在悬崖的小道上站立着，小道非常窄，只能容一头狼通过。起初，领头的那头狼率先冲向卡拉格。只见卡拉格猛地低下了头，然后，用它漂亮的犄角狠狠顶住了狼头，并不断地来回摇动。最后，它的犄角狠狠地刺穿了这头狼的身体。

这头狼和后面的狼撞到了一起，两头狼一起落下悬崖摔死了。但是，其他狼并没有死心，第三头狼马上又向着卡拉格扑了过来。结果，那头狼也撞到了卡拉格锋利的犄角上，落到悬崖下面摔死了。

紧接着，卡拉格把第四头狼也撞到了悬崖下。如今，五头狼已经被卡拉格解决了四头，只剩最后一头了。但是，这头狼并没有被之前的情景吓倒，而是朝着卡拉格猛扑了过来。

这次，卡拉格主动发起了攻击，它没等对方靠近，就用那对积蓄了无尽力量的犄角向着狼的身体顶了过去，然后凭借一股强劲的力道把狼撞向了岩石。与此同时，卡拉格还趁着狼尚未站立起来，又一次用犄角把它顶起来，狠狠地甩向了远方——这头狼落下了悬崖，它的身体甚至还不停地在空中转动着。

卡拉格伫立在悬崖上注视了很长时间，直到那头狼彻底没有了动静。然后，它才摇着头，打了一个惊人的响鼻，迈开轻快的步伐奔向大角羊群。

对于李而言，这是他捕杀卡拉格的绝妙机会——卡拉格和狼群搏斗的地方距离他只有五十米，所以，倘若他马上开枪射击，毫无防备的卡拉格肯定会被他打中。但是，卡拉格与狼之间的精彩战斗把他折服了，所以，他没有选择向卡拉格开枪——他一点儿也不想用猎枪把这头独力打败了五头狼的大角羊杀死。

卡拉格走了很长时间以后，李还是呆坐在那里一动不动。只见他的双眼放光，不住地在那里喃喃自语：

"啊,这绝对是优秀的斗士啊!你竟然弄死了五头狼,这真的令人难以置信。你的胜利来自勇气和智慧,以及你自己的实力。所以,我不会再伤害你了。"

11. 斯科蒂的追击

李早已忘了要替他的猎狗报仇这件事儿,但是,斯科蒂可理解不了李的心情,他还是反复思考着如何才能捕捉到卡拉格,然后得到它那对漂亮的犄角。

除了斯科蒂,别的猎人也产生了这样的想法。

当然,猎人们想要追杀卡拉格并不是一件容易的事——卡拉格总能轻易地摆脱掉他们。每个想捕捉卡拉格的猎人最后都铩羽而归，这其中就包括了从一开始就想捕捉卡拉格的斯科蒂。

正因如此，卡拉格的名字被越来越多的人所熟知。甚至，它的名声从山里一直传到了城镇。而且，有关它的传言也越来越多。一个喜欢收集珍稀物品的商人知道了卡拉格的传奇以后，就说："太好了！我愿意高价购买卡拉格头上的犄角。如果有人能够将卡拉格那只带有犄角的羊头拿来，我愿意付给他天价的报酬。"

商人的这番话刺激了更多的猎人，他们纷纷走进山里，以捕获卡拉格为自己的目标。因为，只要获得那对犄角，他们就能得到一大笔赏金。

最后，他们无一例外都失败了。

斯科蒂也听说了赏金一事，于是，浑身上下充满了干劲。他说："太好了，这下看我的，卡拉格只能成为我的捕杀对象！"

于是，他叫来一个朋友，他们一起走进山里。很快，他们就发现了卡拉格的踪迹。此时，它正带领一群母羊往前走着。于是，他们就从后面去追卡拉格，但是，即便他们用尽全力，也不可能追上卡拉格。

斯科蒂和他的朋友在山上整整忙活了三天，却再也没有见到过卡拉格的身影。最终，他的朋友觉得这种无聊的追捕游戏简直烦透了，于是独自离开了大山。但是，斯科蒂却不死心，不仅如此，他还暗暗下定了决心：无论如何，他都要干掉卡拉格！

接下来，他背着行囊——包括切好的干鹿肉、巧克力、锅、毛毯和猎枪,当然,还有他难以舍弃的烟斗和香烟——进山了。

这次,他想在山里住上一段时间,直到捕获卡拉格才离开。斯科蒂带着他的行李来到了发现卡拉格蹄印的地方。下过雪之后的大山深处异常寒冷,斯科蒂从雪地上留下的痕迹就能辨认出卡拉格曾经来过这里。

于是,他开始追踪卡拉格的蹄印。

为了寻找卡拉格,斯科蒂沿着它留下的蹄印追了整整一天。最后,等天黑的时候,他决定在刚发现的一块小洼地上过夜。

对斯科蒂来说,这样的生活就好像野生动物的生活一样,区别在于,他会在身边点燃一堆火,然后坐在火堆旁吸烟斗。

天亮以后,斯科蒂随便吃了点东西,就开始继续追寻卡拉格的踪迹。就这样,又过了一天,当他到达亚库伊卡库山的南端时,终于追上了卡拉格所带领的羊群。

就在卡拉格考虑要逃向哪个方向时,只听"砰"的一声枪响,卡拉格的犄角受到了突然射来的子弹的猛烈撞击。

卡拉格一下子就被打得头脑发晕,但是,它依旧命令同伴:"立刻分散,大家分头逃命!"接着,它也向前跑了出去。

在卡拉格的带领下,羊群马上就分散逃命了。斯科蒂瞄准卡拉格逃跑的方向继续追了上去,他一直紧跟在卡拉格的后面。这时,卡拉格跳下陡坡,然后,跑向富拉特耶多河,等它穿过河上的冰川后,就专门挑选全是石头和岩石的地方奔跑。

即便如此,斯科蒂还是紧紧地跟着它。

卡拉格向着东北方向跑了一整天，斯科蒂也往东北方向追了一整天。

天黑了，斯科蒂就在原野上过夜，早上起来后，继续追赶卡拉格。

追到第五天的时候，斯科蒂来到了湖边。由于斯科蒂十分熟悉周围的环境，于是他考虑从另一条路直接抄到卡拉格前面，然后，对它进行伏击。

但是，等斯科蒂到达伏击的地点时，天上突然刮起了西风。这是一种被称为"齐努库"的西风，这种风来自落基山脉，刮得异常猛烈。随后，零星的雪花从天空飘落。到最后，这里开始风雪交加，人连眼睛都没法睁开了。

原本，卡拉格已经出现在斯科蒂的面前。但是，由于暴风雪的影响，斯科蒂竟然什么东西都看不到。这场暴风雪持续了大约两个小时，之后，天放晴了。随后，斯科蒂又等了一个小时，还是没有看到卡拉格。

斯科蒂警觉起来，他走过去仔细地侦查了一番，很快就找到了被暴风雪埋藏起来的卡拉格的蹄印。这种暴风雪就像卡拉格的守护神一样，让卡拉格轻而易举地从斯科蒂的眼皮底下逃走了。

也许，齐努库风就是野生动物的保护神。

其实，齐努库风是大自然送给在落基山脉生活的动物们的礼物——它为群山送来了春雨和冬雪，一直养育着山里的一草一木，同时也护佑着在这里居住的野生动物。比如，现在，在它的帮助下，卡拉格成功地从猎人的眼皮底下逃走了。

当然，斯科蒂也知道这种风，不过，他是出于追赶猎物的目的才去了解这种风的。现在，他还想通过风向来判断卡拉格所逃的方向。

根据以往的经验，斯科蒂已经弄明白了卡拉格现在想逃去的地方。说实话，他对这里的环境实在太熟悉了，因为很久以前，他就是在这个地方无数次地发现了卡拉格的身影。

和斯科蒂一样，卡拉格也特别了解这里的地形。所以，一人一羊就在彼此都很熟悉的地方展开了一场智力和体力的搏斗。

如今，斯科蒂还在想风的问题。

"在齐努库风吹过来的时候，那家伙应该会往西逃。到了晚上，风向发生了改变，它就应该会往东走。"

于是，斯科蒂放弃了继续追踪卡拉格，而是选择抄近路向他认为卡拉格可能会去的地方走了过去。

正如斯科蒂预想的那样，晚上的时候，风向发生了转变。第二天早晨，斯科蒂睡醒后，就看见远处有一个跳动着的小黑点儿向他迎面跑了过来。

"那家伙果然是来这里了！好啊，咱们走着瞧！"

为了不让卡拉格发现自己，斯科蒂特意选择了一个能够将身体遮掩起来的地方。但是，等他跑到卡拉格即将到达的地方时，却并没有看到他的猎物。等他再认真观察了一番后，他又在与自己相距大约五百米的地方重新找到了卡拉格。

"吓我一跳，原来你还在这里啊！这次你还想成功地逃跑？我看是不可能了！"

现在，卡拉格就在与斯科蒂相距很远的地方，但是，他们都能够清晰地看见彼此，而且，斯科蒂也像卡拉格一样一动不动，他们就像两块石头一样在那里伫立着。

这样的对峙并没有持续太久，斯科蒂就举起猎枪，慢慢地向卡拉格瞄准——他似乎已经看到了卡拉格中枪倒在地上的画面。

"现在，即便你想逃也逃不掉了——我就是你的死神，你那美丽的犄角是属于我的！"斯科蒂得意地想着。

12. 终曲

斯科蒂向卡拉格瞄准，并扣动了扳机：

"砰！"但是，这一枪并没有打中卡拉格——它飞快地跳起来躲到了一边。虽然它之前一直站着不动，但是，当它看到斯科蒂身边冒起青烟时，它就立刻跳到了一旁。

五百米的距离真的太远了，卡拉格能够轻易逃脱。斯科蒂射出的子弹只打中了卡拉格面前的积雪。于是，卡拉格撒腿就跑了出去。虽然斯科蒂一直盯着卡拉格，但是，很快就被它甩在了后面。

斯科蒂并没有因此而放弃，他明知这样做对自己非常不利，但是，依然决心和卡拉格斗到底，直到把它捉到手为止。

从那以后，斯科蒂每天夜里都在雪山上裹着毛毯过夜，等天一亮就继续追寻卡拉格的踪迹。

虽然雪花遮盖住了卡拉格的蹄印，使他连着好几天都找不到卡拉格的身影，但是，斯科蒂依然坚持追踪下去。

有时候，他也能发现卡拉格的身影，但是，距离太远了，猎枪的子弹根本就无法对它造成任何伤害。卡拉格从未出现在猎枪的射程之内，它简直太聪明了！

卡拉格似乎知道斯科蒂的猎枪能够射多远，所以，它在逃跑的时候，始终和斯科蒂保持着五百米以上的距离。

经过一段时间的僵持，卡拉格似乎摸清了斯科蒂的底细，它逃跑的方式也不时地改变。从前，它一直把自己隐藏起来，但是，现在，它似乎明白了，自己最安全的地方就是在斯科蒂的视线里，而且，它还故意停留在这种地方放心地吃起草来。

由于长期处于被追捕的状态，卡拉格变瘦了。再加上冬天能吃的东西本来就不多，而它还在不断地被追赶的情况下，所以，它还没有真正悠闲地吃过一次草呢。此时，对于卡拉格而言，饥饿是除了斯科蒂之外的另一大劲敌。

每天，当斯科蒂坐下来休息的时候，卡拉格就立刻停下来吃草。不过，只要发现斯科蒂一起身，卡拉格就会马上停止吃草，继续开始狂奔。

现在，斯科蒂进山追赶卡拉格已经长达五个多星期了。每天早上，只要斯科蒂一起身，他就会冲着离自己很远的卡拉格喊道："嘿，卡拉格啊，咱们今天接着开始吧！"

这时，卡拉格就会在远处的山峰上跺跺蹄子，仿佛是在回应斯科蒂："好呀，来吧，我正在等你呢！"

就这样，新一天的追逐赛又开始了。

日子就这样流逝着，每天都上演着相同的故事。现在，已经是第七十天了，这种生活依然在继续着。而卡拉格却因此发生了一些微妙的变化——它已经把斯科蒂对自己的追赶视为一种习惯，甚至觉得这是件非常正常的事。不仅如此，每当它没能看到斯科蒂的身影时，它还会担心他有没有追上来。

有一次，斯科蒂一起身，就向北边望去，而卡拉格却在另一边弄出了声响，好像是在提醒他："我在这边呢！"

还有一天早上，斯科蒂由于渡过冰河时慢了一些，就连他自己都觉得不可能追上卡拉格时，他却听到了卡拉格打着响鼻的声音。原来，卡拉格察觉到斯科蒂没追上来，就一直站在那里等他。

这个冬天，斯科蒂和卡拉格居然走遍了几个主要的山峰。日子就这样一天天地过去了，大雪也下了一场又一场，雪花把整条山脉变成了银色的世界。

卡拉格和斯科蒂还在雪地上走着，就像两个小黑点儿。他们之间一直保持着一段相当长的距离，但方向是相同的。

时间慢慢地过去了，严寒与长时间的疲惫让卡拉格和斯科蒂的身体都变得越来越衰弱了。虽然卡拉格的犄角和眼睛的光泽并没有发生什么变化，但是，它的头上、肩上都已经有白毛了。

而斯科蒂头上的白发越来越多，眼睛也越来越不好使了。即便如此，他还是能一下子就分辨出卡拉格的蹄印。聪明的卡拉格在行走时会故意往别的大角羊的蹄印上踩——它想用这个方法骗过敌人，但是，斯科蒂一次都没被骗倒过。

这是猎人独特的本事——哪怕年龄在增加，这种本领也丝毫不会衰退。

13. 稻草人的秘密

暴风雪的季节过去以后，斯科蒂和卡拉格已经成了一对名副其实的"伙伴"。卡拉格在前面跑，斯科蒂在后面追。就这样，他们再次回到了甘达峰上。

他们经历了长达十二周的旅行。在此过程中，为了追寻卡拉格，斯科蒂一共翻越了十个山头，绕行了大约八百千米的路程。现在，卡拉格重新回到了自己的出生地。

一天早上，和往常一样，卡拉格与斯科蒂之间还保持着一段距离，不过可以互相看到彼此。斯科蒂吸起了烟斗。吸着吸着，斯科蒂灵机一动，想出了一个绝妙的主意。他一抽完烟，就开始实施这个完美的计划。

他随手把几棵近处的小树折断了，然后又去捡了一些石头，接着，他就拿着这些装备走向了山边。

卡拉格一直在留意斯科蒂的举动。原来，斯科蒂做了一个稻草人，然后，他把自己的衣服脱下来套在了稻草人上，而他自己则先躲在稻草人身后。然后，他又悄悄地跑进了山里。

他紧贴着岩石，压低了身体偷偷地向前行进。就这样，用了一个多小时，他终于成功地绕到了卡拉格身后的那座山峰。

在那里，斯科蒂发现卡拉格正紧紧地盯着那个稻草人，很明显，它把稻草人当成了斯科蒂，而且，它似乎还在感到疑惑："那家伙为何在那里一动不动呢？"

现在，斯科蒂与卡拉格之间的距离只有三百米了，但是，为了以防万一，斯科蒂想再靠近一点。为了不让卡拉格发现自己，斯科蒂采用了爬行的方式。

为了更好地掩护自己，斯科蒂在后背上弄了不少雪。然后，他悄悄地爬了过去。最后，他爬到了距离卡拉格只有五十米左右的一块大岩石那里。

现在，斯科蒂与卡拉格之间相距仅有五十米了，他甚至能够清晰地看到卡拉格的鼻子里呼出的白气。对斯科蒂来说，现在是最有把握猎杀卡拉格的时候了。

卡拉格在发现了远处的稻草人后，一直在盯着看。就这样过了很长时间，它开始有些不耐烦地跺了几下蹄子。

卡拉格根本不知道——危险就在眼前。而那保护大自然生灵的齐努库风又跑到哪里去了呢？

斯科蒂已经举起了猎枪，并瞄准了卡拉格。但是，就在这时，他突然感到了莫名的恐慌，他的手忍不住颤抖起来。对他而言，这确实是一个等待了很久的时刻，但是，为什么自己的手居然不听使唤了呢？

就这样颤抖了很长时间，他的手总算停止了抖动，于是，他再次瞄准目标，终于扣动了扳机。

只听"砰"的一声，时间静止了！

枪声响彻了整个山谷，开完枪，斯科蒂立刻低下头去，躲到了岩石的后面。而不远处传来了"嘎啦、嘎啦"的跺蹄子声，接着，他听到了卡拉格急促地喘气的声音。

即便如此，斯科蒂还是把自己藏得死死的，一点儿都不想站起来。

这种声音大概持续了两分钟，然后，四周一片幽寂。随后，斯科蒂从岩石后面走了出来，一眼就看见了卡拉格——它就在前面的雪地上躺着。

卡拉格在岩石山上做了整整十五年首领，并且，用它头上的这对犄角打败了无数的敌人。可是，现在，它也正是因为这对出色的犄角而丧命的。

斯科蒂慢慢地向卡拉格走去，他径直走到卡拉格的身边，然后，低下头静静地注视着这只死去的大角羊。他盯着的并不是卡拉格的犄角，而是它一直大睁着的直视着天空的金黄色眼睛。尽管它已经死了，它的双眼却一点儿都没有褪色，也并没有因此而失去光泽和灵性。相反，在阳光的照耀下，那双眼睛一直在闪闪发光。

斯科蒂猛然之间觉得有点儿冷，就像此时他的心一样冰冷。

为了猎杀这个难对付的家伙，他已经在山里住了好几个月。现在，他终于获得了胜利，但是，并没有感受到想象中的那种喜悦。

斯科蒂在与卡拉格相距大约二十米远的地方，背对着它坐了下来。他把一些烟草放到嘴里，然后，又"呸"的一声吐了出去——他的嗓子实在太干燥了，已经无法咀嚼烟草了。

斯科蒂的嘴里不停地嘀咕着很多骂人的话，或许，连他自己也不明白自己到底是在骂些什么。其实，很久以前他就有这个毛病，一旦遇到特别兴奋的事就会骂骂咧咧，现在也是如此。

可是，今天，他并没有骂太久，就陷入了死寂的沉默之中。

过了很久以后，他的嘴里开始嘀咕："如果有可能的话，我希望它可以活过来！"

因为斯科蒂把上衣套在稻草人上了，所以，现在，他觉得很冷。他从稻草人那儿取回上衣重新穿上，于是，他又变成了之前的那个冷酷猎手。

他拿出一把小刀，熟练地剥下了卡拉格的皮，又割下了它的头。对斯科蒂来说，这一切简直是小菜一碟。

然后，斯科蒂就把卡拉格的皮和头颅一起扛了起来。

"啊，太沉了！"

若是在斯科蒂刚进山那会儿，这么点重量算不了什么。但是，他为了猎杀卡拉格，在这么冷的山上整整待了三个月的时间，身体也慢慢地被拖垮了——如今，这些东西他已经背不动了。

为了把这宝贵的猎物扛下山，斯科蒂不得不"嗨"的一声，把背弯得好像一张弓。然后，他不断地喘着粗气，脚步踉跄地往山下走去。

14. 卡拉格的复仇

斯科蒂想把卡拉格的头颅做成标本，于是，下山以后他就去了城里的一家标本店。

他估算着日子，在标本快要制作好的时候去将它取回来。这时，制作标本的人告诉他："嘿，您不想把这个东西卖掉吗？"

斯科蒂却显得非常平静，淡淡地道："这可是无价之宝。"

等标本商人做完最后一道工序后，斯科蒂立刻抱着这个标本回到了山中的小屋里。回家之后，斯科蒂把卡拉格的头颅放到了一个光线最好的地方。

标本的效果非常好，卡拉格的两只犄角还像之前一样，金黄色的眼睛看起来也非常鲜活，尤其是它眼里的光芒，让老头能够清楚地回想起那个与自己纠缠了三个多月的大角羊首领卡拉格的英姿。

斯科蒂盯着标本看了很久，然后，就用一块布盖住了它。从那以后，斯科蒂很少揭开那块布，就连他的朋友询问他猎杀卡拉格的经过时，他也从来不愿意多说。

他的朋友觉得他的举动非常奇怪，就问他怎么了。只听他说："其实，在我杀死卡拉格以后，就拥有了它的犄角。但是，卡拉格并没有死去,它此刻就在墙上,日夜俯视着我。哪怕是现在,它也还在报复我!"

斯科蒂杀死卡拉格以后就不再出去打猎了——之前为了猎捕卡拉格,他在雪山上待了三个多月,身体变得非常糟糕,现在,他的年纪越来越大,已经到了无法继续上山打猎的地步了。

斯科蒂只好以淘金为生,一个人孤零零地生活着。就这样,一转眼,四年的时间过去了。

在冬天就要结束的时候,斯科蒂的一个朋友来拜访他。

他问斯科蒂:"听说是你把卡拉格打死的?"

斯科蒂沉默着点了点头。

"我还听说,你在打死卡拉格以后,就获得了他的犄角和头,能让我看一看吗?"

斯科蒂朝墙上的那块布扬了扬下巴,说:"你自己过去看吧!"

于是,男人拿下了那块布,当他看到卡拉格的时候,竟然大声叫了起来:"呀,太不可思议了!"

这时,斯科蒂回头望了望,只见卡拉格的眼睛里如同燃烧着炽热的火焰——其实,那是卡拉格的眼睛反射出的火炉里的火焰。这可把斯科蒂吓坏了,他急忙说:"看完了吧,赶紧把布盖上。"

男人把布盖上以后说:"嘿!既然你这么不愿意看到它,如今就有一个好办法。我有一个朋友在纽约,一直想把它买下来,你就把它卖了吧!"

听了男人这番话,斯科蒂非常生气,他大声说道:"谁说我想把它卖了？无论如何，我都不会把它卖掉的。在我还没有打死它之前，我会一直和它在一起；在它没能报仇之前，它也会想要和我一直生活在一起。"

"但是，我的朋友，你现在不是已经把它打死了吗？你已经赢了啊！"

"不，我没有赢。你不知道，这家伙可聪明着呢，它故意引着我在山里绕圈子，把我的身体搞垮，哪怕它已经死了四年了，但是，它还在那里斜眼看我，估计它一直想要我的命呢！虽然我现在的情况不太乐观，但是，即便是死，我也要与它斗到底！"

"但是，它现在只是一个标本呀！"

"不，不，你又错了。在它的头颅之外，还有许多神秘的东西。每当齐努库风从山谷里吹过时，我就能听到风里夹杂着熟悉的声音，那就是这个大家伙临死前不停喘气的声音。"

就在男人到来的那天晚上，山上就刮起了猛烈的齐努库风，在斯科蒂的小房子周围落下了大片大片的雪花。

风把房子的门闩刮得不停地响，发出"咔嚓、咔嚓"的声音。

"呜呼呼……"齐努库风发出令人不寒而栗的声响，这种声音非常悲伤，而且，一直在小屋子的四周萦绕，就连墙上的布片也跟着风"呼啦呼啦"地摇摆起来。

斯科蒂惊恐地盯着墙上，那个客人也被吓得脸色发白。

第二天，雪还在下着，即便如此，那个客人也不想继续在这里待下去了，他索性迎着雪花走了出去。

雪越下越大，压根儿没有要停的意思，现在，山上铺了厚厚的一层积雪。而一到晚上，齐努库风就猛烈地刮起来，从各个山头呼啸而过，那声音听起来让人很难相信那是风的声音。

是的，那是齐努库风，更是警告群山以及世世代代生活在这里的动物们的呼啸之声。

"呜呼……呜呼呼……呜呜呜……呼呼呼……呜呼呼……"

伴随着齐努库风的吹动，雪花在山谷间漫天飞舞，让山谷变成了白茫茫的一片。

从山峰滑下了几十吨重的雪，扬起一片雪烟，一直扑向谷底，并且发出了"咚咚咚"的沉重的声音——这是雪崩的声音，先是从山峰传到山谷，然后，又从谷底传到山头。

雪铲平了岩石，淹没了小山，在强大的雪的力量下，就连森林里的树木也屈服了。然后，积雪从笔直的山崖上滑落了下去……最后，它冲向了山里的那所小房子。

如今，在暴风雪的包围下，老斯科蒂的小屋子很快就发出"咚"的一声巨响。

"总算来了，卡拉格的保护神，那股白色的风……"

斯科蒂知道，这一天迟早要来。

伴随着"咕咚"一声，小屋彻底消失了。卡拉格的头颅也从飞舞的布下露了出来，它看起来那么自豪，那双金黄色的眼睛一直睁着，头上的犄角直指半空。而斯科蒂一转眼就在雪里消失了。

没过多久，春天又缓步来到了这座山上。

在温暖的阳光的照射下,积雪慢慢融化了。那个破烂不堪的小房子很快也露了出来,而老斯科蒂已经死去很久了。

但是,卡拉格的头颅却完好无损地保存了下来。它从小屋子的残骸上滚了出来,金色的眼睛就像卡拉格活着时那样,透过那两只美丽的犄角直直地凝视着故乡的天空。

如今,卡拉格的头颅被当作极为贵重的装饰物挂在一户有钱人家的墙壁上,关于它的故事也在人们中间一代代地流传着。对于当地人而言,大角羊首领卡拉格不仅是大自然精心创造的杰作,也是甘达峰最勇敢的战士!

至于那个热衷于捕猎并亲手把卡拉格杀死的老人,在他死去之后,从未有人再提起过他。

历险记

冠军兔小军马

1. 聪明的长耳野兔

有一只勇敢的长耳野兔，人们称它为小军马——它奔跑起来就像驰骋在战场上的小军马一样，速度别提有多快了。

小军马的家在距离镇子不远的原野上。因为它特别活泼，所以，它在镇上的孩子和狗中间也有很大的名气。小军马也知道镇上所有狗的脾气，因此，要是被那些狗追踪，它会根据狗的不同特点使用不同的应对策略，最后总能顺利地逃之夭夭。

先来说说它是怎么对付那只深灰色大狗的吧。如果是这只大狗来追小军马，小军马就会及时地从篱笆下面的洞钻过去——这只狗身材高大，所以，它想钻过那个洞是很不容易的，即便它钻过去了，那时兔子也早就跑了。因此，这只狗拿它根本就没有办法。

再来说说那只个头较小的狗。因为它身材小，所以身手敏捷，能够轻松地钻过篱笆下面的那个大洞。如果是它在后面追赶小军马，小军马肯定要选择那条二十英尺（1英尺等于0.3048米）宽的灌溉水渠——这条渠里的水流非常急，小狗害怕掉进水里，所以不敢跳过去。于是，它只能眼睁睁地看着小军马从自己的眼前溜走。所以，镇上的孩子们都把这条渠道称为"军马兔的飞跃之处"。

第三只狗是小军马最可怕的敌人。这是一条腿很长、皮毛黝黑的大狗。每次小军马刚钻过那个大洞，它就早已跳过篱笆在另一边等着它了。为此，小军马曾经好几次差点送了命。幸好那里的橘子树篱笆细密牢固，让它能够安全藏身，也让黑狗无可奈何。

此外，镇上还有猫和一些会放臭气的鼬鼠，它们同样是小军马的敌人。小军马非常不喜欢那种恶臭味，每当闻到那种味道，它都差点要晕倒，甚至简直没有活下去的勇气了。

而对于那些猫，小军马自有一套对付它们的办法，这套办法百试百灵。当猫想要靠近它时，它会静静地伏在草丛里等着，然后，猛地一跃而起，用脑袋用力地撞向猫。同时，它还用有力的后腿狠狠地踢猫。大多数情况下，它的这种突然袭击都会把猫吓得仓皇后退，乃至慌忙逃窜。

但是，事情总有例外。一次，小军马遇到了一只带着宝宝的猫妈妈。尽管这位猫妈妈也被吓了一跳，不过，出于保护孩子的本能，它立刻就扑向了小军马。如果不是小军马反应够快，它肯定早就一命呜呼了。现在想起这件事，它还有些后怕呢。

小军马每次出去觅食时，总要提防敌人的突袭。因此，小军马非常明智地选择在夜里出洞。如此一来，就能轻易地躲开敌人了。但是，有时候实在太饿了，它也只能冒险白天出去觅食。虽然这样的情况并不多，但是，有一次，小军马还是碰上了危险。

那年冬天的早上，小军马吃饱喝足后，正准备穿过宽阔的原野回家。这时，它突然与一只猎犬不期而遇。小军马看到了猎犬，而猎犬也同时发现了小军马。这时，原野上非常空旷，根本没有结实的橘子树篱笆可以让小军马躲藏。当然，也没有可以跳跃的沟渠，只有非常不利于动物行走的松软的积雪。这下，小军马可急坏了！就在它手足无措之时，那只猎犬已经恶狠狠地朝它扑过来了！

除非饿极了，否则，猎犬通常不会在镇外的原野上出现。看见猎犬步步紧逼，小军马恐惧极了。出于求生的本能，小军马迅速转身，拼命地狂奔起来，在身后扬起了无数细碎的雪花。小军马在前面跑，猎犬在后面追。就这样，一狗一兔在雪地上不停地追逐起来。

虽然小军马精力充沛，但是，因为刚吃饱，所以身体不免有些笨重。而猎犬虽然饿着肚子，但是身体依旧非常轻快，加上它想要吃掉小军马的心情十分迫切，因此，跑起来的速度快得惊人。

就这样，它们全都拼尽全力奔跑着，乃至在它们的身后扬起了两股雪雾。如果不是亲眼看到那一狗一兔，没准真搞不懂这两股雪雾的来源。它们就这样不停地奔跑着，渐渐地，小军马已经累得难以呼吸、体力不支了。但是，猎犬的劲头依旧那么足。小军马无论怎样躲避，都无法摆脱猎犬。而且，雪地上甚至连一簇可供藏身的小小的灌木丛都找不到。小军马不免有些泄气，又有些害怕。

突然，小军马的精神为之一振，竖起两只耳朵，体力一下子恢复了，跑得也更快了——它突然想出了一个好办法——只见它不再跑向北边很远处的树丛了，而是拼命冲着东边那片空旷的草原跑去。

在这片草原上住着一家农户。虽然他家也有一只凶恶的大黑狗，不过主人特意在高高的院墙下留下了一个洞，以方便鸡鸭出入，小军马当然也可以由此自由出入。猎犬还在后面紧追不舍，眼看它就要追上自己时，小军马突然一个急转弯，迅速钻进了洞里。

猎犬突然失去了追踪的目标，于是，就在院墙边来回嗅着，想要找出兔子的踪迹。然后猎犬纵身一跃，跳过了栅栏门，落到了一群母鸡当中。母鸡受到惊吓，一边扑棱着翅膀，一边"咯咯咯咯"地乱叫。这时，农户的看家狗——那只大黑狗听到了母鸡的叫声，"汪汪"狂吠着朝猎犬扑了过来。

猎犬见情况不妙，准备纵身跳出鸡群，但是，还没等它反应过来，大黑狗已经扑到了它面前。就这样，一狗一兔的战争被两只狗的战争取代了。至于双方激战的后果是什么，小军马可没兴趣打听。但是，从那以后，它就再也没有见到过那只总是在原野上游荡的猎犬了。

2. 优秀的基因

死里逃生的小军马拥有着令人难以置信的聪明才智——比起它出众的奔跑速度,这一点当然是重要百倍的。如果我们回顾小军马走过的路,就会发现它的聪明才智来自何处。

在小军马生活的地方,还有很多和小军马一样的长耳野兔。当这里尚未有人踏足的时候,野兔们就已经生活在重重险阻之中。特别是那些天然的敌人,大的像狼、狐狸、在天上盘旋的鹰;小的像蚊子那样能够传播细菌和病毒的小昆虫。

此外，它们还要面对夏日的酷热和冬日的极寒天气。正是因为这些敌人的存在，野兔的数量曾经在一段时期内大量减少。

后来，它们新的敌人——猫和狗也出现了。再后来，这里开始出现了人类的身影——当人类到这里定居后，就变成了野兔最大的敌人。人们经常把偷吃蔬菜的野兔打死。当然，丧生于狗嘴下的野兔也不少。但是，人们出于保护家畜的目的，也猎杀了大量的野狼、狐狸和鹰等野兔的天敌。于是，兔子们的数量就开始一点点地增多，而且繁殖的速度非常快。

因为天敌变少了，野兔们开始过上了堪称愉快的生活，并渐渐发展开来。但是，随着瘟疫的蔓延，野兔们又一次遭受了灭顶之灾，几乎就要灭绝了。最后，那些最强壮的长耳野兔活了下来，它们在躲过瘟疫的同时，还进化出了更加健壮的身体。

后来，人们为了保护自己的生活区域，开始在生活区周围栽种灌木丛，于是，就形成了一堵非常结实的橘子树篱笆墙。而这些篱笆墙的存在为长耳野兔提供了能够躲避敌人追击的灌木丛，因此，它们不再仅仅是傻傻地狂奔了。不过，它们的奔跑速度还是那么快，头脑也越发灵活了，它们深深地懂得，摆脱敌人最有效的方法并不是奔跑。

为了对付越来越聪明的长耳野兔，野狗们采用了接力追逐的办法。野狗们会提前在野兔逃跑时很有可能经过的路线上设下埋伏，然后轮番追逐，直到把野兔累趴在地上，再把它轻松捕获。

倘若野兔准备往灌木丛里钻，野狗们就会对它两面夹击。起初，野狗是常胜将军。但是，时间一长，长耳野兔也想到了应对的方法。它们不仅知道要避免进入下一个野狗的埋伏圈，还要拼力奔跑，尽快摆脱第一只野狗。

自然而然地，那些跑得慢且不够聪明的野兔就被淘汰了，而那些幸存下来的野兔，就是那些跑得快且异常机灵的野兔。它们住在一片人迹罕至的大草场上，又生养了一群小兔子——这种野兔就是小军马的祖先——这也是小军马如此聪明的原因。

当然，小军马出众的才华，一方面来自父母的优秀基因，另一方面也与它在成长过程中所经历的危险有关。比如，小军马小时候曾经被一只小狗追，当时差不多就要被追上了。可是，小军马毫不紧张——它使出了一步险招——把小狗引到了正在旷野中吃草的牛群中。结果，牛群把小狗赶跑了。就这样，小军马安然地离开了。

在小军马看来，最好的逃生方法就是让追赶自己的敌人转而与其他敌人相互展开战争，而这是它在严酷的生存实践中逐渐摸索出来的。

小军马一天天长大了，它的聪明才智也在不断积累。不同于其他野兔，小军马身上原来的绒毛被缎子般的浅灰色长毛取代了。与此同时，它的身上还点缀着一些纯白或纯黑的小块儿。可以说，小军马的毛色像它的性格一样罕见——它的耳尖上点缀着一点儿墨黑色，耳朵后面是一片醒目的纯白色，尾巴是黑色，四肢是白色。

于是，黑色的尾巴在白色的屁股的衬托下，就像一片白色中的一个小黑点。

它在静止时，如果把耳朵垂下来、尾巴坐在屁股下面，这时，你就看不到黑色和白色，只能看到像缎子一样的浅灰色——这种浅灰色是一种保护色，能够让敌人很难找到藏身在草丛中的小军马。

当然，小军马身上的黑色和白色也有它们的妙用。当它跑跳时，黑白两色就非常醒目。这一方面会暴露它的行踪，另一方面（也是更加重要的作用）就是展示它的身份。对一只小野兔来说，在敌人面前公然亮出身份绝对是一件冒险的事。可是，对小军马来说，这却是一种非常安全的方式。

这是为什么呢？

原因就在于小军马的奔跑速度奇快，只要敌人来袭，小军马就会亮出那惹眼的黑白色，好像在警告对方：

"我就是那只速度快得惊人的野兔，你们不要妄想追上我。不信就试试看！"

那些之前追过小军马的野狗和狐狸全都饱尝追赶之苦。于是，它们开始慢慢地替自己找理由：兔子那么多，为什么要为一只黑白野兔费神呢——那就放弃追捕了吧。

如果没有敌人追赶自己，小军马就会觉得无聊，因而它会时不时地冒点儿险，故意引诱敌人去追自己——这样不仅可以锻炼自己的体力，也可以为生活找点儿乐趣。

3. 陌生人

和其他野生动物一样，野兔也有固定的生活区域。一般情况下，它们很少去远方寻找食物。在它们看来，熟悉的地形才是自己安全的保证。

在小镇火车站附近，有一个小村落专门从事蔬菜种植，而野兔们就住在与这个村落相距五十千米的范围之内。它们在这里的灌木丛和草丛中，东一个、西一个地挖了很多洞，用来做自己的家。

野兔的窝里非常简单，没有任何装饰，只有一些枯草和几片枯叶。但是，野兔们自己却觉得住起来特别舒服，因为这些洞穴的作用各不相同。比如，有的洞是用来应对酷热天气的，这样的洞一般空气流通好，住在里面就像乘凉一样；有的洞是用来应对寒冷天气的，这样的洞通常比较深，里面比地面要暖和得多；也有的洞是用来应对下雨天的，这样的洞口外通常覆盖着厚厚的草，这样一来就可以避免雨水渗透其中，使洞内始终保持干燥。

白天，野兔们在自己的窝里休息，到了晚上，它们就纷纷出洞去寻找食物。当然了，它们有时晚上出洞的目的其实是去找同伴玩耍。在皎洁的月光下，它们像小狗一样嬉戏打闹。第二天，黎明就要到来，太阳才露出一点儿的时候，野兔们就会根据当天的天气情况选择适宜的洞穴居住。

一些灌木丛形成的篱笆将小镇的农场相互隔开。而近年来，

其间又出现了一种叫"铁丝网"的东西。野兔们为此感到更加安全,因为这些灌木丛和铁丝网加大了敌人奔跑时的危险,成为野兔们躲避敌人追踪的天然屏障。但是,虽然这个地方非常安全,却没办法找到食物。要知道,好吃的东西都在村落附近的蔬菜地里,而那里往往是最危险的地方。虽然平原上的危险少了,但是,对于它们而言,那些难以通过的篱笆、人和猎狗却是致命的威胁。

但是,小军马却与众不同地把自己的窝建在了蔬菜地的中央。虽然这里很危险,但是有丰富的美食和别的地方所没有的快乐。就算有危险,小军马也能及时脱身——它知道那些篱笆上有许多小洞,钻出去后就可以找到数不清的逃生方法。自然,对小军马来说,这片蔬菜地就是它的天堂。

和村落相连的是一大片平原,平原的那一边是一个小小的城镇。那是一个典型的十分寻常的西部小镇,整个小镇的街道都是非常平直的,没什么景色优美的地方,给人的整个感觉是肮脏、破败的。

人们用一些薄薄的木板和柏油纸搭建的房

屋看起来简陋得可怜。还有些房子的门面也被故意装扮成两层楼的样子，而另一些房子看起来是用砖头搭建的——然而，事实并非如此。总而言之，一切都显得特别虚假和庸俗。

可以看出，这些建筑都是临时性的，房主们可能只想在这里待上一两年就搬走。小镇是这样简陋不堪，甚至除了那些生长在街道旁的人工种植的绿化树以外，再也没有什么可爱而富有生机的东西了。反倒是那几座谷仓，变成了镇上最富于美感的建筑。要知道，虽然这些谷仓外形粗糙，却非常结实。

站在小镇街道的尽头，就能把草原的景色尽收眼底。在这里，你还能看到农舍、风车，以及排列成行的橘子树篱笆。灰绿色的叶子上点缀着金黄色的果实，在风的吹拂下轻轻摇荡，让人倍感舒适。但是，谁也不乐意在这样的地方多做停留，大部分人都是匆匆的过客。

冬季即将结束的时候，小镇上迎来了一位旅客。这个小镇非常单调、乏味，也没有什么新奇的可供消遣的东西，于是，这位旅客选择来到小镇边上遍布着白雪的草原上透透气。

雪地上有许多狗的杂乱的脚印，当然，其中还夹杂着长耳兔的脚印。旅客觉得很奇怪，就向路人打听："这镇上有野兔吗？"路人答："没有，我从未在这个镇上看见过野兔！"

这时，一个小男孩抱着一捆报纸走过来说："当然有啊，如果你去草原上，可能就会发现一群群的野兔，它们总是到镇上来。对了，有一只大家伙还住在蔬菜地里呢，它的身上黑白相间，就如同棋盘一样。"听完小男孩儿的话，旅客就向草原走去。

其实，小军马当时并没有住在蔬菜地里，那个窝是它偶尔生活的地方。因为这时正刮着阴冷的风，小军马就住到与蔬菜地方向相反的窝里了。暗地里，小军马一直在观察着那个旅客的动向。如果旅客只是去蔬菜地的话，它就只需要趴在窝里，静静地等他离开就好。但是，旅客突然改变了路线，走向了小军马所在的地方。小军马见情况不妙，立刻跳出了洞，开始在白茫茫的大草原上快速奔跑。

在通常情况下，野兔们在奔跑时会进行一个个"侦查跳"——每跳五六下之后，会来一次高高跳起的动作，这样做是为了了解周围的情况。大部分兔子通常每跳四次就会做一个"侦查跳"，当然，这是一件费时费力的事儿。但是，小军马则是每跳二十次才会来一次"侦查跳"，这一跳非常高，这样一来，它就能把周围的一切尽收眼底。而且它还跳得非常远，甚至一次可达三四米之远。这也使得它留在雪地上的脚印与别的野兔截然不同。

此外，因为小军马的尾巴很长，所以，每当它跳起时，那长长的尾巴就会在雪地上留下一道明显的长印子。因此，明眼人一看就知道是谁留下的脚印。

有些兔子通常不会害怕没带猎狗的人，所以，总是对这样的人掉以轻心。小军马以前就吃过这方面的亏。一次，小军马看见一个没带猎狗的人站在远处，便觉得没有危险，于是，就没急着逃跑。谁知下一刻却"砰"的一下被某种东西打倒在地了。

这一惨痛经历让小军马从此心生警惕，它会在与陌生人距离还很远的时候就拼命狂奔。在树篱笆后面，小军马还搭建了另一个窝。此刻，它迅速地跑了过去，然后踮起脚仔细观察了一番，便飞快地钻了进去。当它把耳朵紧贴在地面上时，却听到"咔嚓、咔嚓"的踩雪声由远及近地传来。天啊，是人的脚步声！它猛地抬起身子，看见一个人拿着长长的、亮亮的东西走了过来。

小军马立刻蹿出了洞，跑向树篱笆，为了不暴露自己，它一路上都没有进行过一次"侦查跳"，直到钻过铁丝网，来到路对面，它才跳起来看了一眼，发现那个人并没有注意到自己，而是紧盯着地上的脚印。小军马这才松了一口气，伏下身子继续向前跑了一段后，又顺着树篱笆跑了一会儿，再折回去跑了一遍，然后才转向，跑向自己的另一个窝。

紧张了半天之后，小军马想好好地休息一下。谁知，还没等它把窝焐热，外面又响起了"咔嚓、咔嚓"的声音。它只好再次逃离。等跑了一段路以后，它立起身子观察周围的时候才发现，那个人还在沿着脚印追踪自己。

实在没办法了，小军马不得不猛地蹿出很远，然后，在地上随意地留下一些乱糟糟的脚印。之后，它再从其他地方折返，钻进了附近的窝里。小军马心想："这下终于可以安全了吧？可以甩掉那个讨厌鬼了吧？"这样想着，它迷迷糊糊地将要睡着了。这时，耳边又传来了"咔嚓、咔嚓"的脚步声。小军马立刻清醒了。但是，这回它并没有马上跑出洞穴，而是静静地等着，留意着外面的动静。

洞外的脚步声渐渐慢了下来,最后,又走向了与洞穴相距百米远的地方。就在这时,小军马"嗖"的一声从洞口蹿了出去,跑向了与那人相反的方向。

这次的经历太不寻常了。小军马认定,这个人格外有耐心,与以前的敌人截然不同。小军马跑了一圈,几乎去过了所有的洞穴,唯一没去的就是那户养着大黑狗的农家了。小军马记得很清楚,自己就是在那里把那只在荒野流浪的猎犬狠狠地教训了一顿。

那户农家的院墙很高,篱笆上还有供鸡鸭自由出入的洞。它穿过雪地,直接跑到农家的院墙那里。上一次,它是钻过小洞跑进院子才摆脱那只猎犬的。但是,这次很不巧,这个洞已经被堵死了。这时,小军马看见那个人正从远处的斜坡走下来。于是,它只好冒险跑向农家的栅栏门。那个栅栏门敞开着,看门的大黑狗正在里面的几块木板上躺着睡觉,几只母鸡正蹲在暖和的角落里晒太阳,而一只猫正悄悄地从谷仓跑向厨房。

小军马偷偷地从栅栏门溜了进去,刚一进门,那些多管闲事的母鸡们就开始"咯咯咯"地叫个不停,大黑狗随即猛地站了起来——危险眼看就要到来,小军马无路可逃,它只能把身体收缩起来,借助自己的毛色,把自己伪装成一块灰色的土疙瘩。黑狗正向着它走来,小军马满心希望它不会发现自己。幸亏,那只笨猫的动作突然把黑狗的注意力吸引过去了,否则,小军马这次就凶多吉少了。

原来，就在这时，猫跳到了窗台上，结果把上面的花盆打翻了，伴随着"哗啦"一声响，猫吓了一跳，黑狗也被惊动了。猫立刻从窗台上跳下来向着谷仓跑去，黑狗就开始在后面追它。这一猫一狗从距离小军马十米左右的地方跑了过去。等它们跑远了，小军马才站起来，一转身就跑到了院墙外面的空地上。这时，那个人也正好走向农家。

就在那个人走进农家时，屋里的女主人刚把猫救下来，那只大黑狗原本准备扑向这个陌生人，不过看见他手里拿着棍子，见势不对，它只好重新趴在了那些木板上。

直到那个陌生人走进了农家，这场追逐才算彻底结束，小军马才得以摆脱那个讨厌的追踪者，让自己成为最后的胜利者。

第二天，那个人很早就来到了雪地上，接着循迹追踪小军马。他除了从尾巴的痕迹、跳跃的距离和生活习惯等方面入手找到了小军马的脚印之外，还看到了一串较小的野兔脚印。这两种脚印杂乱地重叠在一起，肯定是两只兔子嬉戏打闹的时候造成的。

由此可见，小军马和这只野兔一起觅食、一起休息，两个小家伙形影不离。陌生人见状不禁嘟囔着说："哦，看来，这只野兔已经找到自己的伴侣了。"

他猜得很对，这些脚印正是小军马和它的妻子留下的。

4. 发令员米克

不知不觉中这一年的夏天到来了,这个季节最适合长耳野兔生长,但是,预料之外的灾难也正在向它们逼近——因为人类大量猎杀野兔的天敌,如鹰、土狼、野狗等动物,导致野兔的数量空前暴涨,严重破坏了自然界的生态平衡,同时也严重威胁着人们的生活。于是,当地的人们想组织一场规模空前的"围剿野兔"行动。

那天早上，行动开始了。本地居民集中起来，进行了一场针对野兔的地毯式扫荡。人们排成一排，一边用工具敲打灌木和草丛，尽可能地发出最大的声音，一边不断前进。当然，藏在里面的野兔大部分被赶了出来，之后，人们投出的石块纷纷落下，当场砸死了很多野兔。

队伍不断地推进，野兔们在四处逃命，人们开始从两侧包抄，缩小包围圈，野兔们如同热锅上的蚂蚁，急得手足无措。很多离扫荡队伍比较近的野兔当场被捕杀，尸横遍野。而那些侥幸存活下来的野兔则陷进了用铁丝网做成的栅栏里。小军马也在拼命地逃窜，没想到，也成了第一批陷进铁丝网的野兔之一。

铁丝网里一共有四五千只野兔，那些老弱病残的野兔马上就被杀掉了，剩下的五百只都是健壮的野兔。栅栏里已经提前准备好了至少够五百只野兔生活的小木箱。那些聪明且跑得快的野兔陷进铁丝网后，开始在里面瞎转一气，然后就躲进了小木箱。这样一来，人们就能轻松地挑选出野兔中的优秀者。当然，小军马也是其中之一。

当天，这五百只野兔就被装上火车，运到了赛狗竞技场。这里的管理人员给野兔们准备了足够的食物，并细心地照顾它们，为的是平复野兔们的愤懑情绪。他们还把野兔们从小木箱中放出来，集中关到了一个大笼子里。因为管理员发现野兔们有些精神萎靡，所以没有给它们安排赛跑比赛，而是让它们好好地休息了一天。

第二天，残酷的训练开始了。竞技场里设置了一二十个通往大广场的小门洞，野兔们从这里被赶到了大广场。刚到大广场，人们就开始冲着野兔们疯狂地喊叫，然后再把它们从门洞赶回那个小场地。这样重复训练了几天，长耳野兔就了解了——如果被人追逐，只要钻过门洞跑到那个小场地去自己就安全了。

之后，开始进行第二阶段的训练，野兔们一被赶到竞技场上，人与狗就一起追赶它们。直到野兔们争抢着横穿过空旷的竞技场去到安全地带以后，人和狗才停下。

这时，那些经验不足的野兔还误以为自己在平原上，甚至不时地做些毫无意义的"侦查跳"。但一只黑白毛色的长耳野兔根本没有做这种无意义的事，它一直在所有野兔前面领跑，它的脚步非常轻快，跑起来像风一样掠过广场——无论是人、狗还是别的野兔，都被它远远地甩在了身后。

一天，野兔们正在训练的时候，一个长得有些吓人的小马夫看到了这只正在狂奔的长耳兔，就说："看那只野兔，跑得像一匹小军马一样快！"——小军马的名字就是由此得来的。

一周后，所有野兔都学会了第二阶段的训练项目。现在，只要把它们驱赶到大广场上，它们就会拼命地向安全地带奔去。在此过程中，竞技场里每位赛狗教练和员工都记住了这只叫小军马的野兔。随即，人们开始讨论狗兔赛跑的事儿。有人觉得，小军马肯定能跑赢狗，而且，其中那些名气大的狗也战胜不了它；但是，也有人不以为然地说："无论它多么能跑，也不能跑过我的赛狗，我的狗一样可以逮住它！"

很多人在经过连续几天认真观察了兔子的练习情况后，对小军马的胜利充满信心，全都认为它是一个优秀的赛跑高手，肯定会让所有赛狗感到难堪。

赛狗是一种格外出众的猎犬。这种猎犬具有下颚修长的脑袋、细长的脖子、强健的大腿、线条优美的身段，以及透出冷冷凶光的眼睛。它们是大自然与人类智慧的结合物，是用血肉之躯铸成的奔跑机器。饲养者对它们如获至宝，细心呵护，严禁任何不熟悉的人接触它们。正是这个原因，人们才在这些猎犬身上下了很

大的赌注。

每只赛狗都按等级被分成两只一组，首先进行的是淘汰赛。每一组胜出的狗再重新进行编组，开始一对一的较量。最终获胜的那只狗，就是当年的冠军。

每次比赛的过程是：由栅栏里通过门洞将一只野兔赶出去，让它跑向空场，等它跑出一段距离后，再同时放出两只赛狗。这时，身穿红色衣服、骑着马的裁判就会紧紧地跟在赛狗后面，看它们如何追逐野兔，然后按照规则判断出胜负。

因为此前接受的训练是，长耳野兔只要进入空场，就会努力跑向安全地带，两只猎犬就会争先恐后地在后面追。当野兔即将被追上时，会在危急关头突然改变方向。于是，倘若猎犬能迫使野兔改变一次方向，就能得一分。而如果猎犬能够逮到野兔并将其捕杀，那就可以获得全胜。

有时，猎犬能够很轻松地追上野兔并将其杀死。当然，野兔也能在奔跑很久以后到达安全地带。当然,这种情况非常少。总之，比赛结果可以分为以下四种情况：第一种情况，猎犬在短时间内杀死野兔；第二种情况，野兔成功地跑进了安全地带；第三种情况，猎犬因为在热天奔跑中暑而中途被换；第四种情况，野兔四处乱窜，猎犬因为无法捕捉到它而吃尽苦头，但是野兔最后也没能跑到安全地带。假如出现了第四种情况，赛场的负责人就会当场射杀野兔。

赛狗场没有公平可言，这里有很多骗人的交易。因此，一个深受大家信任的裁判、训练员以及放狗人员就成了赛狗竞技场里必不可少的因素。

就在比赛前一天，一个全身戴满钻饰的男人似乎只是无意间对发令员米克说："朋友，抽一支雪茄吧！"说着，他就递给了米克一支雪茄。米克揭下包在雪茄外面的那张钞票，放进兜里，然后把它点燃。

男人接着说："如果你明天能让去年那只冠军狗输掉，我就再送你一支一模一样的雪茄。"

米克说："没问题。而且，和它一起跑的那条狗也肯定会输掉。"

"真的吗？如果是那样，我就再送你两支。"男人非常感兴趣地说。

另一个负责放狗的人是斯里曼。这个人性情直率，为人非常公正，曾多次拒绝他人的贿赂。所以，他得到了很多人的信任。

原本，这次放狗的工作也是由他来负责的，但是比赛那天早上，那个全身戴满钻饰的男人向经理告黑状，说他暗中做了手脚。虽然经理不怎么相信，但是，让一个有争议的人担任发令员未免不够妥当。于是，就在比赛开始前，经理让米克取代了他。

对于生活困难的米克而言，可以充当发令员绝对是一件非常划算的事——这能让他在一分钟之内赚到相当于一年薪酬的钱。他非常自私地想：其实，让哪一只狗或兔子先出场，都没关系——野兔们都长得一样，关键是选择哪一只。

当即，米克无所顾忌地大肆作弊。初赛结束时，猎犬捕杀了五十只长耳兔。赛场上没人发现他的破绽，直到预赛结束，他在观众的眼中都是非常公正的，因此，他得以继续担任决赛的发令员。

5. 十三颗星

决赛就要开始了。获胜者能够得到奖杯和丰厚的奖金。两条体型优美的猎犬一起站在起跑线上。它们就是去年的冠军和今年的挑战者。

米克告诉助手：

"三号！"

他说的三号野兔，就是小军马。

门刚一打开，小军马就如同子弹一般射了出去，而且还在出场后作出了一个惊人的"侦查跳"。米克大声叫喊着，他的助手也挥着棍子用力地敲笼子。

小军马开始如同弹簧一般地跳起来。第一次跳了一米半，第二次跳到了两米，接着就会跳到三米半，一次比一次跳得远。直到它跑出了将近三十米时，那两只猎犬才被放出来，人们看了不禁议论纷纷——放狗的时间有点太晚了吧？

两条猎犬同时朝着小军马狂奔而来，虽然看起来如同离弦的箭一般，但此时的小军马早就跑过了正面的看台，而且每一次都跳到了四米半。它们之间的距离不断加大，转眼间，小军马已经在门洞里消失了，也就是说它安全了。

很显然，这两条猎犬都输了。

竞技场里的观众们高呼："太厉害了！简直棒极了！"这时，新闻记者也找到了好素材，第二天，城里的报刊上就出现了下面的新闻标题：

"长耳兔战胜猎犬，小军马实至名归。"

第二天，那个全身戴满钻饰的男人又假装与米克偶遇，按照惯例把一支雪茄递给了他，说："米克，尝尝这支雪茄吧！"

米克接过雪茄，高兴地说："谢谢啊，先生，我想来两支！"

就这样，小军马的壮举变成了人们茶余饭后的谈资。没过多久，斯里曼重新获得了发令员的资格，而米克则变成了管理员。

米克由于这种工作的变动开始同情小军马了——它是五百只野兔里最优秀的一只，虽然也有其他野兔可以跑完全程并进入安全地带，但是，小军马却是唯一一只能够赢得整场比赛的野兔。

这样的比赛每周举行两次，每次都会捕杀五十只野兔——那五百只野兔最后大部分死在了竞技场上，只有小军马每次都能成功地到达安全地带。米克因为小军马的优秀表现而格外喜爱它。

他对经理说："老板，小军马已经获胜很多次，可以恢复它的自由了吧！"

经理说："哦，那是自然！如果它能连胜十三次，你就可以把它带走了！"

米克说:"十次行吗?"

"不行,我还想用它教训教训那只新来的猎犬呢!"经理非常坚决地说。

米克说:"那好吧,我们就这么说定了!"

等小军马连胜了六次以后,报纸上出现了这样的言论:"热爱猎犬的人们觉得,猎犬难以获胜的原因是素质下降。"这时,又有一些长耳野兔被运到了竞技场。其中有一只与小军马非常像,但是它跑得很慢。为了不把它们弄混,米克就把小军马关到了一个单独的小箱子里,然后,在它的耳朵上用检票员的打孔机打上星星状的小孔,每获胜一次就打一个。

如今,它的耳朵上已经有六个孔了。米克说:"等打上第十三个孔的时候,你就能获得自由了!加油啊!"

不到一个星期的时间里,小军马又战胜了几条新来的猎犬,它的右耳朵上足足打了七个小孔。接下来,米克又开始在它的左耳朵上打孔。又过了一个星期,它的左耳朵上已经打了六个孔,一共有十三个孔了,也就是十三颗星。这件事甚至还上了报纸头条。

米克简直太高兴了,自言自语地说:"小军马,你真是太棒了,你马上就要重获自由了,十三真是一个非常吉利的数字!"

但是,经理却后悔了,他说:"我确实答应过你,不过我想让它再跑最后一次。有人指名要和它赌一场。你放心,它这么厉害,一定会赢的。"

米克抱怨道:"老板,你怎么可以出尔反尔呢?"

经理有点生气地说:"米克,不要再说了,猎犬每天都能跑两三次,它应该也没问题。今天下午,让它再跑一次!"

米克仍然请求经理:"可是,老板,猎犬是用不着冒着生命危险的啊!"

"出去吧,就这么决定了!"经理非常不耐烦地说。

没办法,小军马只能再跑一次了。

6. 超级冠军小军马

还没到下午,赛场里就发生了一件莫名其妙的事:兔栏里的一只生性好斗的雄性长耳兔刚跑进安全地带,就莫名其妙地突袭了小军马。为了应付它,小军马不得不花了许多力气。此外,小军马身上还有两处伤,而且还在隐隐作痛。这就给它在下午那场比赛中的奔跑速度造成了严重影响。

比赛开始了。

小军马像之前那样起跑了,它竖着长耳朵,一路狂奔,像风一样掠过赛场。去年的冠军犬和那只新来的猎犬一起在它身后飞速地追赶它。小军马依然保持着原来的速度,但是令人感到奇怪的是,那两只猎犬却不断向它靠近。

这时,场边支持猎犬的人开始狂喊,而喜欢小军马的人则有些烦躁不安。在距离起点很远的时候,那只新猎犬居然让小军马拐了一个弯，才回到起点。这可是第一次发生这样的事。然而更糟的是，两只猎犬居然不停地逼迫小军马转向奔跑，因此，多得了很多分。

小军马奋力地跑，两只猎犬死命地追，眼看就要追上它了。但就在这时，小军马突然掉头，直接冲向了米克。就在猎犬准备咬它时，它猛地一下跳起老高，就在米克用脚猛踢那两条猎犬时，小军马已经躲到了米克的怀里。米克抱着小军马，场外响起一片掌声。

喜欢猎犬的人向经理抗议："骗子，重赛！骗子，重赛！"

经理这次也在猎犬身上下了注，心里非常不舒服，正好有人提出抗议，他就顺势答应了重赛。米克费了半天口舌才给小军马争取了一个小时的休息时间。

过了一个小时，小军马重新回到竞技场。它休息了一会儿后，精神抖擞，看起来恢复了很多，奔跑起来也非常有力。但是，那两只猎犬也同样休息了一个小时。所以，虽然小军马奔跑起来依然像风一样快，却仍然无法甩掉它们。猎犬追得小军马四处逃窜，它只能拼命地又跑又跳，以躲避猎犬们的追赶。

慢慢地，小军马的耳朵已经开始向下耷拉了。那只新来的猎犬突然一个纵身扑向小军马，小军马眼下仅有的选择就是冒险往回跑，从猎犬的身子底下蹿了过去。但是，紧接着，那只冠军犬又向它扑了过来。就这样,面对两只猎犬的追击，小军马东躲西藏，累得耳朵都快贴到背上了。

幸亏这时那两只猎犬由于连续地折返奔跑，也已经体力耗尽了，不但长长的舌头都耷拉出来了，而且累得口吐白沫。它们的这副狼狈相激发了小军马的斗志，它的耳朵突然直直地竖了起来——看来，比赛马上就能结束了。

这时，那些爱狗的人发现情况不对劲儿，于是又把另外两只精力充沛的猎犬放了进去。小军马刚刚竭尽全力才将那两只猎犬甩在后面，现在，却要迎战另外两只。无奈，它只能通过不断地改变方向来逃脱追赶。但是，就在它马上要到达安全地带时，那两只新加入的猎犬已经向它逼近了，其中的一只甚至一口咬掉了它的尾巴尖！

看台上，成千上万的观众一下子都屏住了呼吸。

就在这时，比赛时间到了。米克疯狂地冲到了赛场上。

"滚开，你们这些卑鄙的家伙！"他一边大声吼叫，一边冲向猎犬，真想狠狠地收拾它们一顿。几个工作人员迅速冲上去抓住米克。

米克一边挣扎，一边大喊："骗局！骗子！这简直太不公平了！太没人性了！"

米克被架到了竞技场外。离开时，他看见，骑在马背上的裁判好像向放枪的工作人员做了个手势。可无论他怎么喊叫、挣扎，竞技场的门还是"咣当"一声被关上了。他的耳边仅听见"砰砰"的两声枪响，其间夹杂着人群的惊叫声和狗的乱叫声。

米克觉得大事不妙，他的脑海里马上浮现出了全身是血、痛苦不堪的小军马的身影。

等工作人员一松开手,米克立刻冲向了竞技场的安全地带——从那儿能够看到竞技场里发生的一切。一到那儿,他就看见一只垂着耳朵的猎犬一瘸一拐地跑了出来。米克一下子就明白了。猎枪没有击中小军马,反而误伤了猎犬,小军马则趁乱逃脱了。

全体观众起立,目送工作人员抬走那只受伤的猎犬,而一个兽医正在安抚那只躺在地上不停地喘着粗气的猎犬。

米克趁着此刻没人注意他和小军马,就顺手拿来一只箱子,小心翼翼地把小军马放了进去。然后,他提着箱子偷偷地溜出了竞技场,直奔车站而去。

他和小军马在火车上颠簸了几个小时后,终于来到了长耳野

兔生活过的那片平原——米克想把小军马放了——即便被老板开除，他也不管了。

天已经黑了，闪闪烁烁的星星挂在平原的夜空中，隐约可见远处的村庄和橘子树篱笆。米克把箱子放在地上，打开盖子，让小军马出来。

小军马起初还有些犹豫，似乎无法相信眼前所发生的一切。过了一会儿，它才跳了几跳，然后，做了一个高高的"侦查跳"。接着，它竖起那两只打了十三个星星孔的耳朵，跑向了远方——

它的动作是那么自由、轻快。慢慢地,那个小小的身影就在平原的夜色中消失了。

后来,人们在这一带的平原上曾经有几次发现过它。追捕野兔的行动又开展了几次,但小军马似乎已经将那次痛苦的经历铭记于心了——人们前前后后抓到了成千上万只野兔,却从未发现过那只毛皮上有黑白点缀、耳朵上有十三颗星星的长耳野兔。

小军马真的重回大自然,再也不想远离故乡了。

老鼠的奇迹反抗

1. 捕鼠器

谁都不喜欢老鼠。

这是因为老鼠见什么咬什么，无论是食物、柱子，还是金属器具，乃至钢制的管子。它们在肮脏的地下水沟里生活，不停地钻来钻去，把各种各样的病菌带给人类——它们的身上还寄生着许多虱子、跳蚤，当它们到处活动时，就会把寄生虫和病菌传播到各个地方。

那么，老鼠一定是有百害而无一利的东西吧。不！绝对不是这样的！老鼠身上同样有值得我们人类佩服的东西。

小小的老鼠身上同样有令人惊叹的勇气。

我真的见过一只小老鼠，它的英勇无畏令人惊叹。接下来，就让我给你们讲讲这只老鼠的故事吧。

在我很小的时候，我家的柴房里有无数只老鼠出没。也就是从那时起，我产生了一个念头——长大后一定要成为一名出色的猎手，发明各种各样的捕猎器和圈套。

就这样，我那做猎手的愿望从抓老鼠开始了。一天，我设计了一个捕鼠器。

我先找来一块木板，然后在上面钻出一个洞，在洞的四周打一圈尖尖的钢针，所有钢针的尖端都朝着同一个方向。然后，我把木板钉在了一个空木桶的口上，钢针尖端全都朝里。最后，我还在木桶的底部挖了一个方形的小洞，并在小洞上安了铁格子，那个样子就像一扇小窗户。

因为木板上的钢针是斜钉着的，并且尖端朝里，所以，一旦老鼠从木板上的小洞钻进木桶，就出不来了。老鼠如果想逃跑，唯一的选择就是向着明亮的小窗逃去。但是，小窗早就被结实的小栅栏封死了，即便是猛烈的撞击也不能打开，于是，它们就成了瓮中之鳖。

之后，我在木桶里面放了一些诱饵，等着老鼠自投罗网。

第二天早晨，我还在睡梦中时就被父亲的大叫声惊醒了："嗨，你这孩子，你把什么玩意儿关进柴房的木桶里了？"

听了父亲的话，我立刻从床上爬了起来，向柴房冲去。当我听见木桶里的老鼠被刺得"吱吱"乱叫的时候，我真的太激动了，甚至都有些颤抖起来——这种猎手成功抓到猎物时的美妙感觉，简直难以用语言形容呀！

那时候的我还非常天真，小脑袋里时不时地会冒出一些莫名其妙的想法。比如，我经常会这样想：如果我逮住老鼠，它转过头来咬我，又或者是它逃走后，我去追它时它又咬我，我应该怎么应付呢?

当时,我并不知道自己这样想的原因,不过,等我长大一些,看到被猎人抓住的野兔或水貂拼命挣扎着逃走时,我好像突然明白了儿时这样想的原因。

对于抓老鼠,我乐此不疲。但是,每当抓到了老鼠,我就为如何处置它们而发愁。

后来,我想到了一个人。他就是那个药店里的男人,住在一所破旧的房子里,专门养响尾蛇。他的房子的后面有一个非常脏乱的小院子,里面总是弥漫着垃圾和曼陀罗花混合的臭味,简直让人难以呼吸。他用木板在曼陀罗花丛的后面围起来一个围栏,就在这里面养响尾蛇。那里的响尾蛇总是摆出一副慵懒的样子,蜷曲着身子。响尾蛇的样子非常吓人,但是对这个男人而言,它们可是他的心肝宝贝啊!

我经常去他那儿玩耍,但是他不爱说话,一直板着脸。我记得,他基本上很少跟人说话。

有一次,我送给他一只死了的小鼬鼠,他将鼬鼠身上的麝香袋切下,然后藏了起来,甚至没说一句谢谢。要知道,麝香可是一种非常名贵的药材,他白捡了便宜,却什么话也没说。

我时常去他家的后院——透过木板的缝隙,我可以观察里面生活着的响尾蛇。

响尾蛇的食物一般都是活的动物,而我捉住的老鼠正好是它们的美味佳肴。于是,我拎着我的木桶捕鼠器来到了他的家,让

他看我捕到的老鼠。

当他知道木桶里装着的是惊慌失措的老鼠时,不禁"扑哧"一声笑了出来——这可真是太难得了,这还是我第一次看他笑呢。

2. 奇迹的发生

男人由木桶上取下一块木板,然后在取走木板后留下的缝隙里放上了一只破鞋。急着逃跑的老鼠立刻钻进了破鞋里。接着,他用一根木棍一捅,老鼠就调转了身子,从破鞋的洞口露出了尾巴。这时,男人拿来一只烧得通红的铁钳,一下子就夹住了老鼠的尾巴。老鼠顿时被烫得龇牙咧嘴,痛苦地拼命挣扎着。

"这家伙居然这么能反抗,我可不想让它弄伤我的蛇!"

他一边说,一边撬开老鼠的嘴,用铁钳把它那两颗尖利的门牙夹断了。

　　木栏里的响尾蛇似乎闻到了老鼠的香味，它们一边开心地摇晃着自己的尾巴，一边发出"滋滋"的声响。

　　男人刚把老鼠扔进木栏里，四条响尾蛇立刻抬起弓形的脖子，打开蜷缩成一团的身子，快速地爬了过来。

　　这只老鼠吓坏了，马上跑到了围栏的一个拐角，摆出了一副战斗的架势。

　　一条响尾蛇飞快地逼近老鼠，老鼠见无路可逃了，于是张开没了尖牙的嘴巴，大叫一声，朝着响尾蛇冲了过去。响尾蛇没想到这只小老鼠会有这么大的胆量，居然敢对自己进行疯狂的反扑，吓得向后退了回去。

　　这时，别的响尾蛇开始从各个方向朝着老鼠包围过来，它们全都长着尖利的毒牙，扬起长长的脖子，一点点靠近老鼠。

　　老鼠又发出一声大叫，扑向响尾蛇。四条响尾蛇扭动着身子，不时地躲避着老鼠的进攻。老鼠趁机从蛇的围攻之下逃了出去，钻到了对面的拐角处，然后又飞快地将身子转过来，再次摆好了架势。

　　这时，四条响尾蛇也掉转过头来，再次对老鼠发起围攻。这样一来，老鼠只能不停地东躲西闪，四处逃避。渐渐地，它的速度慢了下来。当它再一次发动攻击时，一条响尾蛇飞快地扑向它，一口咬住了它，将毒牙扎进了它的身体里，眨眼间就把致命的毒液注了进去。

　　这下，老鼠必死无疑。

但是，接下来的情形却叫人目瞪口呆。

老鼠知道自己死定了，于是，它勇猛地扑向了与自己距离最近的一条响尾蛇，用断了的门牙死死地咬住它的脖子，直到这条响尾蛇口吐白沫、脖子垂下了才罢休。

之后，老鼠又扑向了另一条响尾蛇，不过，这条蛇却先咬了它一口。可是，此时这只老鼠已经准备好拼个鱼死网破了，于是它竭尽全力地在蛇的后背用力地咬了一口，这条响尾蛇顿时因疼痛而蜷起了身体。

当老鼠向着第三条响尾蛇扑过去的时候，它体内的蛇毒已经开始发作了。老鼠的身体变得僵硬起来，似乎有点跑不动了。但叫人出乎意料，这只老鼠极为顽强，用断了的牙齿死死地咬住了第三条响尾蛇那条"嗡嗡"作响的尾巴。

这时，这只老鼠的眼睛已经被毒瞎了，什么东西都看不见，四条腿也不能动弹了。但是，这叫人目瞪口呆的小家伙依然拼命在与第四条响尾蛇搏斗，并死死地咬住了这条蛇的喉咙，直到把蛇的喉咙咬断了也没松开。

于是，第四条响尾蛇也躺在了地上，一命呜呼了！

最后，四条响尾蛇都死了，而这只顽强的、勇猛的老鼠也死了。

见此情景，药店的男人简直要发疯了，他不停地大叫，声音里充满了难过、绝望和无奈："天啊！我的响尾蛇呀，都被咬死了！哦……浑蛋！哦……可爱的家伙！哦，不不！浑蛋！我的小心肝呀，都被咬死了啊！"

历险记

小浣熊阿嘉

1. 寻找新家园

一到阳春三月，啄木鸟、乌鸦等鸟儿就会结伴飞到大森林里。这时，森林各处就会不停回荡着它们那清脆悦耳的歌声，随后，森林里就呈现出了一片盎然的春意。鸟儿作为春天的使者，扫清了冬天留下的寂静，把生气带给了森林。

这一天，天黑了。夜色中，雪地反射着点点柔和的星光。虽然这光非常微弱，但是森林却因此得到了一点亮光。不一会儿，昏暗的夜色中就出现了两只动物的身影。比起狐狸，它们的身形要更大一些，全身的毛十分蓬松。更有意思的是它们的尾巴，短小而肥硕，而且还带着几道黑色的环纹——它们就是浣熊，这个大森林里的居民。

地上放着一根圆木，它们轻轻一跳就跳到了圆木的顶部，然后开始沿着树干奔跑，并不断地发出"扑通、扑通"的声音。

这是一对浣熊夫妻，丈夫的个头更大一些，妻子的个头则更娇小。现在，跑在前面的妻子好像有一点急躁，显出一副不耐烦的样子。只见它一边跑，一边回过头咬自己的丈夫；而浣熊丈夫则非常温顺，显得十分有耐心，不发一点儿脾气，紧紧地挨着心爱的妻子。

真奇怪，浣熊丈夫为什么对妻子的坏脾气如此包容呢？原来，雌浣熊怀了宝宝，而且马上就要生产了。但是，它们必须在生产前找到一个新的安全居所——这可是当前最紧急的任务啊！

因此，浣熊妈妈一直在不停地向前跑。浣熊家族有着自己的传统——妈妈享有浣熊宝宝的出生地的决定权，所以，浣熊妈妈理所当然地跑在了前头；而浣熊爸爸的责任就是保护好妻子，让其免于受到敌人的伤害，所以它必须紧随在妻子身后。

是的，尽管怀有身孕的妻子脾气有些暴躁，但公浣熊依然会寸步不离地紧随其后——这是身为一名合格丈夫的职责！

这对浣熊夫妇就这样一直向前跑，越过河边的赤杨树林，又钻入了一片茂密的草丛。很快，它们就来到了一片更广茂的森林。不过，森林周围的土地却十分贫瘠，而且地势低洼，因为它从来没有被开垦过，所以一直处于荒芜的状态。

就这样，浣熊夫妇在森林里不停地寻找着理想的树洞。浣熊妈妈在一棵棵大树前来来回回地巡视，仰头逐棵打量着，但是都不太满意，然后它们就向着下一棵跑去。

松树上的树洞很少；枫树上的树洞也很少见；枯木有很多树洞，但大多不适合居住。离地很高的树洞，才是浣熊理想的家。

为了找到这种让自己满意的树洞，浣熊经常需要爬到高高的树顶上去察看。不过，这对浣熊夫妇对它们的判断力非常有信心，因此，它们不需要爬到高高的树顶上，只需在下面察看树根，就基本上可以判定树上有没有适合它们居住的树洞了。

在灰暗的夜色里，浣熊妈妈一棵接一棵地察看着粗壮的树干，然后，走向两条河流交汇的拐弯处。只见它在一棵干枯了的大枫树前停了下来，向周围看了看，感觉非常满意，于是就爬了上去。

这棵大枫树生长在泥泞的沼泽中，旁边的河流可以为其提供食物。树干的高处有一个极大的树洞，洞底铺着一层非常松软的木屑。洞口小且坚固，四周还有很多大树枝，能对洞口起到极好的掩护作用。同时，浣熊还可以舒服地躺在上面，享受温暖的阳光。洞内不仅宽敞，而且非常干燥，显然是一个十分理想的居所。

浣熊妈妈想了一会儿，最终决定就在这里安家生宝宝了。

2. 淘气的阿嘉

到了温暖的四月，浣熊妈妈在枫树上的新家里生下了五个浣熊宝宝。这五个可爱的小家伙长得和爸爸妈妈一模一样，都有带着黑色环纹的小尾巴，肉乎乎的脸上也满是黑色的条纹。

小浣熊们刚降生到这个世界上时，每天要做的事情就是吃饭和睡觉，生活特别简单。但是，它们的妈妈却很忙，甚至比以前还要忙——它不仅要哺育自己的孩子，还要把孩子们打理干净。

要知道，浣熊妈妈可是极为疼爱这些小家伙们的！

一转眼，两个月过去了，小浣熊们长大了。天气好的时候，它们会跑到外面玩耍，四脚朝天地躺在树干上，十分惬意地晒太阳。

随着五只可爱的小浣熊一天天长大，它们也表现出了不同的性格特点。那只胖乎乎的小浣熊动作笨拙而缓慢，总是最后一个出来，最后一个进去，似乎比谁都慢半拍；另一只小浣熊胆子很大，尾巴是五只里最短的，尾巴上面只有一道环纹——它就是本故事的主人公，即我最想说的小浣熊——阿嘉——它长着大大的脑袋，做事总是非常鲁莽，为此没少给浣熊妈妈惹麻烦。对于这个孩子，浣熊妈妈一点儿都不敢掉以轻心。

小家伙们渐渐地长大了，也变得越来越淘气了，它们总是到处乱跑。为了确保它们的安全，浣熊妈妈必须一直看着它们，因此增添了很多新的烦恼。每次，当小浣熊们要离开树洞时，浣熊妈妈都要反反复复地叮嘱它们，要求它们只能在树洞口周围玩耍，或者只能在高处的小树枝上玩游戏，千万不要到树洞下面去——下面的树皮已经脱落了，非常滑，对小浣熊而言相当危险。

为此，浣熊妈妈严格地执行着规定，只要小浣熊犯了错就要受罚。每当有小浣熊想滑下去的时候，浣熊妈妈就会及时阻止。别的小浣熊都非常胆小，听到妈妈的呵斥声就害怕了，只能乖乖地听妈妈的话，做一个乖宝宝。但是，阿嘉生性顽皮，它只把妈妈的话当作耳旁风，总是想尽一切办法要下去，幸运的是，每次它想出去玩都被浣熊妈妈及时发现并制止了。

看，浣熊妈妈不停地叫喊着，似乎又在训斥淘气的阿嘉。

可是，阿嘉的叛逆心特别强，妈妈越是不许它做的事情，它就越是无比好奇，总想找机会下去看看。终于，机会来了！这一天，妈妈正在洞里忙活，阿嘉便趁妈妈不注意，偷偷地离开了大家晒太阳的大树枝，爬向树洞下的树干。它真没想到树干会那么滑，它的前脚刚伸出去，身体就失去了平衡，像坐滑梯一样滑了下去。

阿嘉被吓得心扑扑直跳，它本能地去抓周围的东西，但是它抓到的树枝都太细了，承载不了它那沉重的身体。最后，只听"扑通"一声，阿嘉掉进了水里。

别的小浣熊发现阿嘉掉进水里以后，都吓坏了，不由得大声尖叫起来。洞内的浣熊妈妈听到了小浣熊的尖叫声，赶紧跑了出来。当浣熊妈妈发现阿嘉正在水里拼命地挣扎时，急忙跑了下去。

这时，阿嘉已经被河水冲到沙滩上了。

阿嘉平安地回到了树底下。妈妈看到阿嘉没有大碍，就回到了洞里。此时，阿嘉发现兄弟姐妹都在用羡慕的眼神看着它，不禁神气起来，连走路都开始大摇大摆的。随后，它想要爬到树上去。但是，树干太滑了，它试了好几次都没有爬上去。最后，它只好求助浣熊妈妈。它把声音拉长，发出急切的大叫声。浣熊妈妈听到了阿嘉的声音，只好第二次从树上下来。

浣熊妈妈用嘴巴叼住阿嘉的脖子，再用前爪夹住阿嘉，并转到树干的另一面——在树干的另一侧有两条长长的裂缝，正好可以让阿嘉抓住并站起来。最后，阿嘉在妈妈的帮助下，紧紧抓着树干上的裂缝，一步一步地爬了上去。

3. 有趣的捕猎

十五天后的一个夜晚，天空中挂着一轮满月，浣熊妈妈想带着小浣熊们去树下玩。一般情况下，成年的浣熊是可以在漆黑的夜里自由活动的，但是，如果想教孩子们怎样狩猎，就必须有一些光亮。

为了确保家人的安全，浣熊爸爸首先从树上爬了下来，它想先观察一下四周的环境。

小浣熊们如果想从光溜溜的树上下来，唯一的安全通道就是树干上的两条裂缝。它们只要把尖尖的小爪子嵌进细深的裂缝中，就能上下爬动。于是，浣熊妈妈亲自示范，教会了孩子们正确的爬树方法，以保证它们不会滑落下来摔到地上。浣熊妈妈先慢慢地滑了下去，然后，小浣熊们才一个接一个地滑了下去。

对这些小家伙们来说，树下是一个新奇的世界，每样东西都很有意思。就连地上的一些小杂草、小枯叶和小石头，它们也要用爪子挠一挠，或者放到鼻子底下闻一闻。而最让它们感到惊奇的就是河水，那上面波光粼粼的。于是，它们用爪子轻轻地触碰了一下河水，不过并没有抓住它，河水一下子就从它们的掌缝中流走了，这可真是太神奇、太有意思啦！

小家伙们绕着几棵大树转圈，欢快地奔跑着；很快，它们又滚进了地面的小地洞里——小家伙们早就把妈妈带它们下来的目的忘光了。

这时，浣熊妈妈把孩子们叫到了一起，准备教给它们捕猎的本事。妈妈在沼泽边，蹲下身来，将两只前脚伸进了水里，而且在水里不停地来回搅动，两只眼睛一边牢牢地盯着爪子下面，一边还留意着远处的丛林。

浣熊妈妈挥舞着锋利的爪子，一会儿就抓住了泥水中的小鱼、小青蛙、小蟹。

小家伙们把眼睛睁得大大的，认真地观察着妈妈的每一个动作，接着，它们也在沼泽边蹲成了一排，学着妈妈的样子，把前爪伸进了水里，用力地搅动着。它们在柔软的泥土中不停地抓啊抓，先是抓到了硬硬的石头、细长的树根，然后，又抓到了一些软软的、不停翻动的小动物。如今，它们总算是明白了：原来妈妈带它们下来，是为了教给它们捕食的本领呀。

原来，这些软软的、不停游动的小动物是一群可爱的小蝌蚪。阿嘉抓到一些蝌蚪以后，立刻一把塞进了嘴里，不过它手里的蝌蚪带了许多沙子，把阿嘉的小牙齿硌得生疼。没法子，阿嘉急忙把沙子和蝌蚪全都吐了出来。

还是看看妈妈是怎么做的吧！浣熊妈妈捉住水中的蝌蚪后，先放进水里，洗掉里面的沙子，再把它们放进嘴里。刚才阿嘉因为太心急了,还没等把蝌蚪清洗干净,就塞进了嘴里。现在,它学会了吃蝌蚪的正确方法,于是立刻把新捉到的蝌蚪洗干净,然后一只一只地放进了嘴里,大口地嚼着。嗯,真是太好吃了!

别的小浣熊是怎么做的呢?原来,只有阿嘉一个胆子分外大,别的小家伙们都非常胆小,它们一直跟在妈妈身后,自然不能和阿嘉相比,所以,它们今天学会的本事就很少了。当然,它们也学会了在水中找食物的方法,并且知道应该怎样吃下去。很明显,小家伙们对于这种在水中捕食的趣事非常热衷,甚至可以说是乐此不疲。

就在这些小家伙们玩儿得正高兴的时候,突然传来了浣熊爸爸低沉的叫声,那是在提醒它们:

"有危险,快爬回树洞里去!"

虽然小浣熊们不知道发生了什么事,但从爸爸的叫声中,它们明白一定有危险。于是,它们立刻停止了捕猎的游戏,而浣熊妈妈则用最快的速度把它们集合到了一起。然后,在妈妈的指挥下,小家伙们一个接一个地爬到了树上,钻入了舒适的树洞里。它们在温暖的家里死死地抱着妈妈,听着从河流下游很远处传来的"汪汪"的叫声,好像那是一些非常恐怖的大怪兽。而浣熊妈妈呢,也在认真倾听着这恐怖的叫声。

很快,全身湿漉漉的浣熊爸爸就回来了,它的神情十分慌张。原来是猎狗来了,那恐怖的叫声就是它们发出的。为了把猎狗引开,浣熊爸爸只能兜了一个大圈子,最后从河里游了回来。最关键的是，它这样做还能去掉身上的气味——如果浣熊爸爸从陆地上直接回来，那就摆脱不掉猎狗了，那些猎狗就会循着气味找到它们一家子。

浣熊爸爸成功地让猎狗们上了当，那些猎狗一直在它故意留下气味的地方搜寻着，结果当然是离浣熊的家越来越远，直到跑向森林深处。最后，直到猎狗们那可怕的叫声消失了，浣熊夫妻才松了一口气。

当天夜里，妈妈教了阿嘉它们许多本领。比如，如何在有月色的河边寻找食物；如何在接到爸爸发出的危险信号时，迅速、有序地爬到树上，躲回洞里，从而远离危险。

整个晚上，小家伙们都在认真地回味在河里捕食的奇妙乐趣，它们多么希望明天晚上早一点到来，好再次下去玩捕猎的游戏啊。

4. 美味的河贝

当周围完全安静下来以后，浣熊一家度过了一个美好的夜晚。

很快，第二天的夜晚就到来了。但是，浣熊妈妈还是不放心，一直觉得树下似乎潜藏着某种危险。不过，小浣熊们却根本没有发现，它们的小脑袋瓜里满满的都是在河里找食物时的情景，甚至都有些按捺不住了。

不过，妈妈却始终不同意让它们下去，而且它自己跑到了洞外，站在白天晒太阳的大树枝上不断地向四周观察着，并竖起了耳朵悉心倾听树下面的动静。

　　但是，阿嘉它们早就饿了，急着下去一展身手。尤其是阿嘉，它一直在吵着跟妈妈要食物。最后，浣熊妈妈实在忍受不了这个淘气的小家伙了，就和浣熊爸爸一起下了树。来到地面上以后，夫妇二人始终警觉地留意着周围的一切动静。浣熊妈妈则一直注视着河的对岸，但是，它没有任何发现。

　　于是，浣熊妈妈就把孩子们叫下来了，并提醒它们要记得抓牢树干的裂缝，一个接一个地爬下来。刚来到地面上，小家伙们就开心地向着水边跑去。起初，它们只是尽情地嬉戏打闹，等玩儿够了，才开始在水里找吃的。

　　这次，阿嘉又是第一个找到食物的，它最先捉住了一只青蛙；接着，其他的小浣熊也捉到了青蛙；最后，就连最小的那只浣熊幼崽也抓住了一只活蹦乱跳的小蝌蚪。它们都特别高兴，一个个笑逐颜开，品尝着自己亲手捕捉的美食。

　　过了一会儿，阿嘉在水中隆起的沙洲上发现了一个新宝贝。这是一只奇怪的"青蛙"，长得有点与众不同，比起之前抓到的青蛙，这只"青蛙"好看多了。它的身体中间开了两扇"小门"，"门缝"中露出了一团肥嫩鲜美的肉。阿嘉馋极了，立刻扑了过去。没想到，就在阿嘉扑过去的一刹那，那两扇门却迅速地关上了。

　　更为不幸的是，阿嘉的一只前脚也被关了进去！

　　阿嘉立刻大叫起来，向浣熊妈妈求救。浣熊妈妈赶紧跑了过来，只看了一眼，它就马上明白发生了什么事——原来阿嘉刚才抓到的压根儿就不是"青蛙"，而是一只肥硕的河贝！

河贝长着两片贝壳，时张时关。当然，这根本就难不住浣熊妈妈，它自有办法对付这个家伙。只见浣熊妈妈用锋利尖锐的牙齿咬碎了贝壳，如此一来，河贝就只能张开嘴了，阿嘉立刻把前爪从河贝嘴里收了回来。然后，阿嘉掏出了河贝里面的肉，洗干净后放进嘴里大嚼起来，哎呀，真是美味呀！

"遗憾的是，这么美味的家伙居然会咬人，下次遇到的时候一定要多加小心。"阿嘉心里想着。这天夜里，阿嘉认识了河贝，还知道了它的特点，学到了很多东西。

小家伙们吃得特别高兴，可是，它们的爸爸却非常辛苦。它一直趴在一根隆起的树根上，留意着周围的环境，偶尔发出低沉的"呜呜"声；而妈妈则一直在沿着流动的河水不停地跑着，为的是洗刷掉孩子们留下的足迹和气味。

浣熊妈妈一直有一种不祥的预感，为此，它觉得非常不安，似乎有一种潜在的危险正在向它们靠近。

浣熊妈妈正跑着，突然冲着小浣熊们大喊："有危险！赶紧爬回洞里去！"

小家伙们还没玩儿够呢，尤其是阿嘉，它正玩得开心呢，当然不想回去。但是，它还是怕妈妈会惩罚自己，于是，只好跟着兄弟姐妹们快速躲回了洞里。

浣熊夫妇刚回到洞里，就听到从山丘那边传来了一阵狐狸的叫声。随即，浣熊妈妈由洞口向外望去，发现在距离它们家不远的地方，有一只麻雀正在叽叽喳喳地叫个不停。但是，引起浣熊妈妈注意的不是麻雀的叫声，而是别的声音，尽管那种声音很微弱。小浣熊们听后丝毫也不害怕，但它们的爸爸妈妈却在听到以后大惊失色，显得十分恐惧。

那种声音似乎是树枝被折断的声音，中间还夹杂着猎狗的叫声。接着，声音离它们越来越近了。很快，树林里出现了一束红色的亮光，那光一闪一闪的，越来越近——原来是一群猎人带着猎狗走来了，而这些声音就是他们发出来的。

现在，浣熊妈妈吓得有些发抖，要知道，它曾经在大森林里目睹了猎人和猎狗是如何联手屠杀动物们的。

突然，就在靠近大枫树的地方，猎狗开始大声咆哮起来。好在，猎狗和猎人们并没有在此停留很长的时间，而是快速地向另一个方向追过去了。原来，猎狗之前闻到了狐狸的气味，它们来这儿的目的是追捕狐狸而不是浣熊。

至此，这对浣熊夫妇才松了一口气。尽管猎人和猎狗已经走远了，但是，为了保险起见，这对浣熊夫妇还是对四周的动静保持着高度警惕。

5. 争夺地盘

又一个安静的夜晚来到了，浣熊妈妈一直在嗅着风中的气味。有时候，风会把敌人或者猎物的气味吹到这里来，为浣熊提供极

大的帮助。等浣熊妈妈确定周围没有危险了，就带着全家来到了地面上。要知道，昨天猎狗和猎人都曾经来过这里，这让浣熊夫妇绝不敢掉以轻心。

但是，阿嘉一点儿都不喜欢妈妈的这种做法，它觉得妈妈胆小如鼠。大家好不容易等到了天黑，都盼着能够大显身手，可是，只要外面稍有异动，妈妈就会变得犹犹豫豫。

当天夜里，小浣熊们从树上下来后，想要和平时一样游向河的下游。可是，妈妈却带领它们往河的上游走，而且一直走，走个不停。

顺着河岸走时，阿嘉发现河水旁边有一个泥坑，里面有许多小动物，看起来，应该是一个很好的捕猎场地。但是，妈妈却在前面大声喊它的名字：

"阿嘉，快点！别左顾右盼的，要掉队啦！"

尽管非常舍不得眼前的美食，但是阿嘉还是急急忙忙地快步追上了队伍。阿嘉走了几步，又停了下来，它用力一抓，就从水里捞出了一只张牙舞爪的大虾。阿嘉赶紧把虾塞进嘴里，连壳带肉一起吃了下去，味道简直太鲜美了！

吃完了大虾，阿嘉立刻追上了队伍。又过了一会儿，它们听到了一种如同刮大风一样的呼呼的声音，此外，还有数不清的青蛙跳跃的声音。又走了一会儿，浣熊一家来到了一条小河边——刚才那个如同大风呼啸一般的声音的源头出现在它们的眼前，原来是流水撞击岩石发出的声响。在月光的照耀下，水花被撞击得到处乱飞，反射着亮闪闪的光辉。

　　眼前美丽壮观的景象，让小家伙们都看呆了。突然，浣熊妈妈停下了脚步，一直看着前方。接着，它全身的毛都竖了起来，然后发出了一阵叫声。浣熊爸爸赶紧跑到了最前面。

　　只见，在它们的前面，一些和浣熊们差不多的动物正在水里捉青蛙呢，它们的尾巴上也长着黑色的环纹——原来这是另一个浣熊家庭！

　　它们在同一时间出现在同一个地点，那就表示后来的阿嘉一家闯入了另一个浣熊家庭的领地。为了捍卫自己的领地权，一场大战即将开始——在大森林里，动物们对于守护自己的领地都是非常看重的，那绝对是一件至关重要的事情。

　　此时，阿嘉的爸爸不仅竖起了全身的毛，而且抬头挺胸，以向对手显示自己的高大威猛，让对手明白自己可是非常难惹的。两家的小浣熊们则分别躲在妈妈的怀里，忐忑不安地盯着对方。两家的浣熊爸爸都勇敢地走向彼此，它们之间展开了对决，而这场对决的结果决定着这块领地的最终归属权。

　　两个浣熊爸爸同时发出了低吼，战争即将开始。两个浣熊爸爸看上去都非常勇敢，都觉得自己能够打败对手，都觉得自己才是正义的代表。

　　那么，到底谁才是真正的正义一方呢？在动物的世界里，它们会在自己的领地上留下自己的气味，以此当成标志，告诉别的动物这里禁止随意进入。但是，现在呢，这块领地的归属权有了争议，阿嘉一家曾经来过这里，而且留下了自己的气味。但是，做好标记以后，它们却很少到这里来。因此，时间一长，留下的气味也就变淡了。而另一个浣熊家庭虽然没有阿嘉一家到这里的时间早，但是，它们一直在这里捕猎，留下的气味反倒要比阿嘉一家留下的气味更浓烈。

如此一来，这片领地的归属权就有些不太好弄明白了。因为它们都觉得自己是这片领地的主人，所以，仅有的解决问题的办法就是决斗——在动物的世界里，永远都是胜者为王。

两只公浣熊已经拉开了架势，它们先是来回绕着跑了几圈，然后快速地向着对方冲去，彼此扭打着，撕咬着；而两个家庭的孩子们则躲在自己妈妈的身后嗷嗷叫着，为各自的爸爸加油助威。

两只公浣熊的实力似乎不相上下，它们一直扭打在一起，难分胜负。第一个回合过后，紧接着，第二个回合就开始了，它们再次猛地冲向对方。但是，因为用力过猛，只听"咚"的一声，它们全都掉到了河水里。

这一下，两个头脑发热的家伙受到冰冷刺骨的河水的冲击，猛地清醒了。于是，它们停止了战斗，爬上岸来。此时，它们的怒火已经熄灭了。然后，它们回到了各自的家庭，彼此分开一段距离，各干各的，互不理睬。

可是，两个浣熊爸爸仍然不时地发出一声低吼，看来它们的怒气还没完全消除，也许心里都还不服气呢。无论如何，在这块公用的捕猎区，它们现在算是能够和平共处了。只是，没想到时间一长，两个家庭竟然成了朋友——这可真是不打不相识啊！

6. 有惊无险

就在两个浣熊爸爸进行对决的那天，阿嘉轻而易举地吃到了一只美味的大虾，它觉得自己已经长大了，能够独立了，并不由得为此沾沾自喜起来。于是，对于妈妈的一些做法，它越来越看不惯，也越来越不听妈妈的话了。每当浣熊妈妈带着它们去下游寻找食物的时候，叛逆的阿嘉就非要去上游；每当妈妈提醒它不要在石头上留下自己的气味时，它也总是假装听不见。

这一天，妈妈带领它们去下游觅食，而阿嘉却非常怀念上次抓虾的那个小水坑。只要一想起可口的大虾，它就忍不住想去，虽然妈妈大声地叫它，它还是假装听不见。

阿嘉又一次来到了上次捉虾的那个水坑，捉到了两条小鱼，在吃到了可口的鱼肉后，它又接着向上游走去。

没过多久，阿嘉就来到了两家共同的领地。但一到这里，它立刻闻到了一种非常危险的气息，那是让妈妈觉得非常恐惧的气味，也就是人类的气味。原来，刚才，一个印第安猎人正好从这里经过，这是一个专门捕猎动物、依靠卖动物毛皮为生的家伙。他刚刚在河边的沙地上看到了很多浣熊的足迹，于是就在这里布置了一些捕猎陷阱。

可是，阿嘉并没有提高警惕，依然像没事儿一样往前走。就像以前那样，它先把前爪放进水里，然后在河泥里不停地搅动，希望能够找到更美味的食物。突然，只听"咔嚓"一声，水里的一个东西一下子夹住了它的前爪。它本能地往回一拽，天啊，那正是印第安猎人皮特布置的陷阱——一个捕兽夹子。

"呜啊，救命啊……"阿嘉大声喊起来，期盼妈妈能够及时出现。但是，妈妈这时正在遥远的下游，根本听不到阿嘉的求救声。

阿嘉想尽各种办法，想把爪子弄出来，可还是失败了。更糟糕的是，夹子的另一头拴在了一根铁链上，根本挣脱不了。

整整一个晚上，阿嘉都在求救，最后它呜呜地哭了起来。这一刻，阿嘉终于后悔了，后悔自己不应该不听妈妈的话。天亮的时候，筋疲力尽的阿嘉哭得嗓子都哑了，再也发不出声了。

当猎人皮特看到阿嘉时，他非常吃惊——他的这个夹子是专门给麝香鼠准备的。然后，他从夹子上把阿嘉取了下来。这时，阿嘉已经动弹不了了，看上去一副气息奄奄的样子。

皮特把阿嘉装在袋子里带回家。当经过比多家的时候，皮特看见了比多家的两个女孩儿，于是，他就让她们观赏阿嘉——一个他无意中捉到的猎物。

比多的大女儿特别喜欢阿嘉，抱着它不肯放手。挨了一夜冻的阿嘉将身体缩成了一团，此时，有人抱着它，让它感受到了温暖，于是它渐渐地恢复了过来。

后来，在女儿的再三恳求下，比多从皮特手里把这只可爱的小浣熊买了下来。从此，阿嘉就成了比多家的新成员。他们给这个全身毛茸茸的、模样可爱的浣熊起了个特别好听的名字——"阿嘉"。

7. 喜忧参半的新生活

从这一天开始,阿嘉来到了一个新家。从此以后,阿嘉的新生活开始了!

比多一家人对阿嘉非常好,过了两三天阿嘉就康复了。比多一家简直把阿嘉当成了家人,对它就像对待孩子一样,比多的女儿还和它一起做游戏。

来到新家以后,阿嘉不再吃青蛙和小鱼了,而是和比多的女儿一样,改成吃面包、喝牛奶。比多家的小猫已经习惯喝牛奶了,但阿嘉可是第一次喝。它是如何喝牛奶的呢?它先把前爪伸进装牛奶的杯子里;然后,把一片面包泡在牛奶里,再把沾了奶的面包捞出来放到嘴里;最后,它还故意把杯子弄倒,让牛奶流得到处都是。

比多的农场里有一条大狗叫"鲁尼"。起初,鲁尼一看到阿嘉,就冲着它不停地"汪汪"大叫。阿嘉非常害怕,每次都离鲁尼远远的。比多的女儿们怕鲁尼欺负阿嘉,所以,总是不让它们单独在一起。但是,时间一长,两个小冤家渐渐熟悉起来。鲁尼发现孩子们都非常喜欢阿嘉,于是,当它再看到阿嘉时,就不再冲着它大声叫喊了;而阿嘉也喜欢上了鲁尼。半个月以后,它们竟然成了好朋友。

现在,再看看它们俩吧——午睡的时候,阿嘉会把脸贴在鲁尼长满长毛的胸前,因为那里真是又柔软又舒服,简直太惬意了。

阿嘉长得不仅有点像小猴子,还有点像小猫咪。它特别喜欢不停地做着鬼脸,把家里的孩子们逗得哈哈大笑。

阿嘉渐渐地适应了新家的生活。因为孩子们总是从衣服的口袋里掏出好吃的东西,时间一长,阿嘉只要看到孩子们,就会把两只后腿蹬在地上,爬到她们的身上,然后翻开她们衣服上的口袋,从里面找好吃的东西。在农场里,如果孩子们长时间找不到它,就知道它肯定躲在什么地方搞破坏呢。

一天,阿嘉悄悄地溜进了仓库。它发现,仓库的架子上摆放着很多果酱,于是,它就把爪子伸进了每个瓶子里,胡乱地搅和。这让它觉得非常有趣。它接着掏出了一瓶李子果酱,吃得浑身都是,把自己弄得面目全非。如果不仔细看,谁都无法认出它就是捣蛋鬼阿嘉了。

就在阿嘉独自玩得不亦乐乎的时候,比多夫人到仓库里来拿东西,她看到了阿嘉的杰作。阿嘉也看到了比多夫人,它立刻扑了过去,想撒撒娇,但是,这回却把女主人惹怒了,被她大骂了一顿。

还有一次,比多清点了家里鸡窝里的鸡蛋,发现一共有十三枚。但是到了第二天,阿嘉却莫名其妙地不见了,于是,大家一边喊它一边四处寻找。平时阿嘉还是很听话的,只要听到有人喊它，它就会马上回应。这时，从鸡窝那边传来了细微的回答声。于是，大家立刻跑过去看，天啊，只见阿嘉仰卧在鸡窝上，挺着圆滚滚的肚皮，身边摆满了鸡蛋壳——它居然吃光了十三枚鸡蛋！

原本，鲁尼一直负责看守鸡蛋，一般情况下，只要它在，森林里的狐狸或浣熊绝对不敢靠近鸡窝半步，但是，这次偷吃鸡蛋的是阿嘉。面对自己的好友和职责，鲁尼觉得左右为难，最后，它就假装没看见，默默地走开了。

比多先生对阿嘉的胡乱捣蛋感到非常生气，但是，因为孩子们都特别喜欢阿嘉，所以，每次阿嘉犯错都没有挨过批评和责罚。直到有一次，阿嘉惹了大祸。

那一天，大人们出去办事了，孩子们也都去上学了，家里只剩下阿嘉。它在房间里无所事事地转悠着。突然之间，它看见写字台上放着一个墨水瓶。这个东西看上去很有意思。于是，阿嘉爬上写字台，打开墨水瓶的盖子，还晃动了一下墨水瓶，于是有一些墨水洒了出来。阿嘉习惯性地把两只不安分的前爪伸到了墨水瓶里，胡乱地搅动着，就像以前在河边搅动河水那样。

等它玩够了，它又想到了一个更有意思的事情。它拿出前爪，在桌子旁边的纸上一踩，咦，居然出现了一个小脚印。阿嘉为此感到特别高兴，它非常喜欢自己的脚印，于是，它就四处乱踩，留下了一个个小脚印。后来，它还把自己的脚印留在了孩子们的课本上。

此外，它还在墙上的壁纸、窗帘和女孩的连衣裙上都印上了自己的小脚印。然后，阿嘉又跑进了卧室，爬到了床上，在雪白的床单上印上了自己的脚印。最后，它把自己的脚印印满了家里的每一个角落，仿佛家里来了一百只小浣熊一样。

很快，家人们陆续回来了。看到这一切，他们全都惊呆了。天啊！这回大家都非常生气，尤其是比多先生，他气得简直要爆炸了。女孩们因为心爱的连衣裙被弄脏了，心疼得不停地叫着；爱干净的比多夫人看到洁白的床单被阿嘉弄得不成样子，居然气得大哭起来。

然而，站在一旁的阿嘉根本不知道自己闯了祸，它还伸出前爪，摆出一副得意扬扬的样子，好像在对家人炫耀：看，这是我的杰作！

但是，这次阿嘉玩得太过火了。

比多先生立刻决定，把阿嘉送走。虽然孩子们都很喜欢阿嘉，但是看到它把自己心爱的课本和连衣裙都弄脏了，加上爸爸妈妈都非常生气，因此谁也没站出来替阿嘉求情。

很快，比多就叫来了皮特，让他立刻把阿嘉带走。于是，皮特再次把阿嘉装进了袋子里。

阿嘉十分痛恨这个抓它的印第安猎人，它很喜欢比多一家，以及好朋友鲁尼和有趣的大农场，但是，现在它可是完全没有办法了。好朋友鲁尼也只能眼睁睁地看着阿嘉被抓走，它一脸的莫名其妙，根本不清楚究竟发生了什么，只能冲着皮特的背影无奈地大叫了几声。

8. 命悬一线的阿嘉

炎热的夏天很快就要过去了，狩猎的季节即将来临。皮特开始了他新的捕猎计划，为此，他新买了一只浑身长满黄毛的猎狗。对皮特来说，这时，阿嘉回到自己的手里，可真是太及时了，因为他正好可以用阿嘉训练这只猎狗，然后让它帮自己捕捉浣熊。

于是，阿嘉被皮特带到了马棚里。接着，他又把一条用铁链拴住的猎狗也带了进来。黄色的猎狗一看到可爱的阿嘉，立刻发出了"汪汪"的叫声，然后猛地扑向阿嘉，那条铁链子被这条猎狗拽得呼啦啦地响个不停。皮特看到猎狗的表现，觉得特别满意。

阿嘉可吓坏了，它非常伤心，不明白为什么同样是人类，比多一家人对它那么好，可皮特却对它这么残暴？同样是狗，为什么比多家的鲁尼能够和自己成为好朋友，但这只大黄狗却对它这么凶？

接下来，大黄狗数次扑向阿嘉，而阿嘉呢？它没有选择，要么巧妙地避开了，要么勇敢地接受大黄狗的挑衅。

有时候，大黄狗会咬住阿嘉的脖子，然后将它用力地来回甩动；有时候，阿嘉也会找到机会，在大黄狗的腿上使劲地咬上一口。阿嘉的脖子非常粗壮，而且皮毛也很厚实，即便被大黄狗咬住也不会受伤，但是，大黄狗的腿一旦被阿嘉咬住了，它就会疼得"嗷嗷"直叫。皮特没料到阿嘉这么勇敢，于是立刻把那只大黄狗牵到了别的地方。

每次看到皮特牵着大黄狗来，阿嘉就知道绝对没好事。后来，在皮特的怂恿下，大黄狗直接扑向阿嘉，和阿嘉咬作一团。此外，为了让大黄狗成为一个真正的捕猎高手，皮特还特别制订了加强训练的计划。

一天傍晚，天气十分凉爽，皮特把阿嘉装进了一个袋子里，带着猎枪，牵着大黄狗，一起来到了大森林里。这次训练的内容是：让大黄狗在森林里追捕阿嘉。他的想法是：先把阿嘉放出来，并且让阿嘉先跑上一段距离。接下来，他会解开铁链，把大黄狗放出来——这是一次实战演练，可以让大黄狗学会如何循着猎物的气味或脚印，追踪到猎物。

所以，这是一次十分重要的训练。

在训练猎狗捕猎方面，皮特有着丰富的经验：到了森林里以后，他先把大黄狗拴在一棵大树上，然后找了一个大黄狗看不到的地方，把阿嘉从袋子里放了出来。

阿嘉被放出来后，起初有点蒙，不知道发生了什么。这时，这条凶残的大黄狗抬头发现了阿嘉。于是，大黄狗立刻向着阿嘉扑过来。不过，阿嘉身手非常敏捷，刷的一下就躲开了。当它发现眼前就是逃跑的好机会时，连忙向着森林深处跑去。

阿嘉拼命向前奔跑，用尽了所有的力气，在这之前，它从未像现在这样狂奔过。对它来说，这是仅有的一次逃跑的机会，也是最后一次机会。它必须抓住这个机会,让自己重获自由。于是,只用了几秒钟的时间,它就如同一阵风一般消失在丛林深处了。

当大黄狗发现皮特拿回来的是一个空袋子时,就明白阿嘉已经"逃走"了,它想去追,但它还被链子拴着呢,所以只能在那里干着急。

过了一会儿,皮特觉得时间差不多了,便解开链子,让大黄狗去追阿嘉了。而大黄狗实在太心急了,还没等链子解开就不停地上蹿下跳,这样一来,皮特就不能顺利地将它放出去了。就这样,皮特在这一头费劲地扯住链子,而大黄狗则在另一头用力地拽着链子。结果,他们白白浪费了很多时间。

后来,皮特生气了,而大黄狗的脾气也同样暴躁。结果,一人一狗又折腾了很久,大黄狗才被皮特喝住,乖乖地安静下来。如此一来,皮特才终于成功地解开了锁链,将大黄狗放了出去。

结果,经过这么一耽搁,阿嘉早就跑得无影无踪了。

大黄狗用鼻子四处闻,边闻边找,终于找到了阿嘉的脚印。于是,它冲着皮特大叫了一声,意思是:"主人,我找到阿嘉的踪迹啦!"接着,它就顺着脚印追了下去。皮特也跑了过来。在此过程中,每当大黄狗跑得太快或想甩掉他的时候,他就会把大黄狗叫回来,然后再一起进行追踪。

皮特想:"这次的训练计划很快就要完成了,大黄狗马上就能找到阿嘉藏身的地方了。然后,我就开枪把阿嘉从树上打下来。接着,大黄狗就会扑过去抓住阿嘉,并把它咬死。一旦大黄狗掌握了捕捉浣熊的技巧，这个秋天，我就能捕获更多的浣熊，获得更多的毛皮，然后就能去集市上卖大钱……简直太棒啦！哈哈！"

皮特正幻想着自己发财的美梦，但是，事情却一点儿也不如他想象中的那么美好。

现在，阿嘉正在大森林里奋力地奔跑着。刚才，皮特没有及时地解开链子，让阿嘉得到了更多的逃跑时间。此时，它并没有听到身后传来大黄狗的声音，于是十分冷静地找了一棵带有树洞的参天大树，迅速地爬了上去。阿嘉从小就在树洞里生活，所以，爬树对它来说简直易如反掌。

阿嘉刚藏好不久，皮特和大黄狗就追了过来。大黄狗闻到了阿嘉所在的那棵参天大树，在树下大声地吼叫着，好像在说："阿嘉，我找到你啦！主人，阿嘉就藏在这棵大树上！"皮特走了过来，抬头向上望，他脸上的表情一下子变得非常难看——这棵大树真的太高了，他和大黄狗都没法爬上去，而他只带了猎枪，也不能把子弹射进高高的树洞里。

出发之前，皮特怎么也没料到会出现这种情况，因此，也没有随身带上斧子。

就这样，皮特和猎狗在树下绕了很长时间，最终还是毫无办法——看来，只有等他们走了，阿嘉才会出来了。

直到天黑了，皮特才终于死心，带着大黄狗打道回府了。

现在，阿嘉总算安全了。

9. 重归故土

阿嘉一直在树洞里静静地躲着，静静地倾听着。

现在，皮特和大黄狗已经走远了，但是，它依然不敢疏忽大意，它一边休息，一边倾听外面的声音。在冷清的树洞里，阿嘉想起了家乡的森林和河流。它想起了那棵大枫树上温暖的家，想起了自己快乐的童年时光以及妈妈的关爱。

在妈妈无微不至的关怀下，自己一点儿都不会担惊受怕，妈妈总会想出躲避敌人的办法，还会教它们怎么才能找到好吃的东西。此时，阿嘉是多么想回到那棵大枫树的树洞里，回到自己幸福的家啊！

夜深人静，森林里一片漆黑。阿嘉小心翼翼地从树洞里探出头来，观察着四周的一切，嗅着风中的气息，倾听着草丛里的动静。在离开家之后的这段日子里，阿嘉经历了很多的痛苦，甚至还险些在猎人的手中丧命，因此，它已经知道了作为一只动物应该注意什么，也知道了有利的东西和致命的东西各是什么。

现在的阿嘉已经懂得了谨小慎微，不知不觉间，它的行为举止已经变得和自己的爸爸妈妈一模一样了——它已经长大了。

阿嘉在确定了周围没有危险以后，就从树上轻轻地跳了下来，溜到了地面上。接着，它开始在望不到边的大森林里奋力狂奔。它一直在不停地跑着，甚至都顾不上停下来找一点儿吃的东西，也没有留恋沿途的美丽风景。这时,它只有一个念头,那就是回到自己出生的地方,回到自己梦寐以求的家乡——吉尔达河畔。最重要的是,它还要回到自己的爸爸妈妈和兄弟姐妹的身边。

于是,它一路都在不知疲倦地狂奔着。

阿嘉还在想,爸爸妈妈会不会已经忘记了自己?在分开的这段时间里,它曾经与人类共同生活过,与狗交过朋友,还差一点死在猎人和大黄狗的手里,这一切回想起来就好像在做梦一样。

总算回到故乡的森林啦,终于和家人们团聚啦,阿嘉回来啦!

它们互相嗅着彼此,一下子就认出了对方是自己的亲人。阿嘉的兄弟姐妹们也都长大了,模样也变了,但是,它们的气味并没有变——这是浣熊特有的气味,是阿嘉一家独有的气味。世界上的一切都会变,可它们的气味永远不会变。不管在什么时候,

只要阿嘉闻到兄弟姐妹们的气味,就一定能把它们认出来,就像它们闻到阿嘉的气味就一定能认出阿嘉一样。

我曾经在比多家看见过阿嘉,毫无疑问,我也听说了阿嘉逃跑的故事。

等阿嘉回到了故乡吉尔达河畔以后,我产生了想见见它的念头。于是,我多次来到吉尔达河畔的森林和草地。我在那里,亲切地呼唤着它:"阿嘉,可爱的阿嘉,你在吗?"

但是,每次,我都只能听到自己的回声。

我一直没有再见到可爱的阿嘉,但是,我在森林的许多地方找到了它的小脚印,这些小脚印的旁边还有很多吃剩的贝壳和一些食物的残渣——这说明阿嘉就在这附近,并且刚刚来过这里。

我一直在寻找阿嘉,甚至,有很多次梦见了阿嘉。我多么想再见它一面啊,但是,最终,我也没能如愿。

不过,我对阿嘉非常有信心。我确信,它已经不会再傻傻地钻入猎人设下的圈套,也不会再对像大黄狗那样凶残的猎狗产生惧意。当猎狗来追逐它时,它会运用自己的智慧,与它们玩"躲猫猫"的游戏。直到猎狗累得筋疲力尽时,阿嘉才会优雅地离开。

有时候,在天朗气清的白天,我还能发现阿嘉留下的可爱的小脚印;有时候,在月朗风清的夜晚,我还能听到它可爱的"呼噜呼噜"的歌声。我从阿嘉留下的这些痕迹中得到了很大的满足。

现在,很多浣熊依旧无忧无虑地生活在美丽的吉尔达河畔。我想,在它们当中,一定有很多都是阿嘉的后代吧!

脚印
雪地上的

1885年2月15日，我曾经追踪过一只兔子的踪迹，单看印在雪地上的脚印，我就破了一桩动物迷案。现在，让我讲讲这个故事吧。

虽然我没有看到当事者，但是，根据地上的痕迹，我能够断定，这是一个真实的故事。那些脚印和痕迹都说明，这个故事是真实发生过的。

我在某个地方发现了一个长约18厘米、宽约13厘米的痕迹。由此可见，在雪花飘飞的时候，一只棉尾兔曾经在这里逗留。它曾经在另一个地方跳跃，并在那里到处张望，从前面的小脚印可以看出这一点，这是它的前脚踩出来的，而这两个长脚印则是它的后脚踩出来的。在更后方的地方，我还找到了一个小凹陷，那是兔子尾巴的印痕。

突然，它警觉地发现了某样东西！

于是，它飞快地往前跑去，来到了前面的某个地方。现在，我们看到了一个明显的变化：这只棉尾兔的前脚印已经落到后脚印的后方了。这表示，兔子开始奔跑了。每当兔子伸展跳跃时，后脚就会落在前脚的前面。它跑得越快，后脚就越超前。在大部分擅长奔跑的动物身上，都会发生这种后脚的伸展动作。

不过，到底是什么情况让它能够发动十倍于以前的速度呢？

我简直无法想象。

如今，棉尾兔开始了一系列奇怪的跳跃，似乎是在躲避某个敌人。

不过，到底是什么样的敌人呢？地面上并没有任何其他动物的脚印！难道这只棉尾兔正在进行危险演习，拼命奔跑只为摆脱一个想象中的敌人？

但是在某个地方，地上清晰地出现了一些血滴。我从这个证据得知，这并非假想的敌人——这只棉尾兔是真的遇到危险了。但我找不到与危险的来源有关的任何线索，这是因为，我并没有在地面上找到任何其他的脚印。再向前走几米，我在某个地方看到了更多的血迹。一直走到20米远的地方，我终于在这只棉尾兔足迹的两侧看到了一个十分明显的痕迹，那是一双宽大而强壮的翅膀留下的。

噢！原来是它！

我此时想明白了，这只棉尾兔确实是在躲避一个敌人。而敌人之所以没有留下脚印是因为它有翅膀——那可能是一只老鹰或一只隼，又可能是一只猫头鹰。

再向前走几米，我发现了这只棉尾兔的尸体，尸体的一部分已经被吃掉了。很明显，凶手一定不是老鹰——老鹰肯定会带走棉尾兔的尸体。既然排除了老鹰，那么，凶手一定在隼和猫头鹰之中。

我接着寻找凶手留下的蛛丝马迹。然后，我在尸体的旁边找到了猫头鹰特有的两对脚印。隼的脚印也非常特别：它的足趾前面有三个，而后面只有一个；而猫头鹰则完全不一样，这是因为它在落地时几乎都是两个趾头在后面。

很显然，凶手肯定是猫头鹰。

我接着搜寻更多的证据。最后，我在周围的一棵小树上找到了一根非常柔软的羽毛，上面有三道宽大的条纹，就像任何一只猫头鹰的羽毛一样。我从这根羽毛可以清楚地知道：肯定有一只猫头鹰曾经来过这里。

因此，我几乎能够断定：杀害棉尾兔的凶手就是猫头鹰。

就在我准备下断语的时候，突然从山谷里飞出了一只鸟。

那就是一只猫头鹰！

猫头鹰正在赶回犯罪现场。毫无疑问，它准备回来继续吃自己的大餐。它就在我头上3米左右的树枝上（即兔子尸体的正上方）降落了，嘴里还发出了低沉的叫声。它在那里待了很长时间，一直保持纹丝不动。

我一没带相机，二没带枪，只能赶紧拿出笔记本，快速地画了一张素描，记下了这个杀人凶手的真面目。现在，那张素描还在我的狩猎收藏品中保存着。

毋庸讳言，雪地上的脚印就是自然界最完美的证词。

栗色烈马的故事

1. 不安分的马

　　故事发生在六十多年前，地点是美国西北部爱达荷州的一个山地牧场。

　　一匹十分俊美的小马生活在山地牧场上。它长得非常独特，它的腿、鬃毛和尾巴都像煤炭一般黑；可是，它身体的其他部分却都是棕栗色的，如同闪亮的绸缎一般。于是乎，牧场的人们称它为"栗色旋风"。

　　不过，它之所以被称为"栗色旋风"，还有另一个非常重要的原因——它擅长奔跑，而且，跑起来就像一阵风一样。如果奔跑时遇到沟渠或木栅栏，其他小马会绕道而行，或者索性停下，而"栗色旋风"则会干脆利落地纵身跃起，从而获得周围人发自内心的赞叹声。

　　因为小马们生活在牧草丰茂的山地牧场上，所以个个长得膘肥体壮。因为经常奔跑，"栗色旋风"的腿长得非常健壮。但是，没过多久，新的问题就出现了："栗色旋风"开始变得很不安分，不想整天待在牧场里，如同牧场禁锢了它自由洒脱的精神一般。

在牧场里，其他的小马都喜欢在舒服安逸的干草堆上待着，"栗色旋风"却喜欢在外面的暴风雪中待着。如果能够让它自由、快乐地尽情驰骋，哪怕是让它一个月不吃不喝，想必它也是愿意的。

对牧场的人来说，把散放的马匹聚到一起，是一件非常简单的事情。但是，一旦碰到"栗色旋风"，就得另当别论了。这个家伙为了获得自由，可以说变得越来越聪明了。它一看见牧场的人，就立刻躲得远远的，或者趁他们不注意偷偷地跑开。

"栗色旋风"是马群中非常有个性的家伙，如果遇到自己不喜欢的马，或者其他的马做了它不喜欢的事，它会马上离开，跑到很远的地方。有时，即便是待在马群里，它也是三心二意的，心早就飞到别的地方去了。

每个看到"栗色旋风"的人都说——它的祖先是阿拉伯马。在这个世界上，几乎每匹马的血统都与古老的阿拉伯马有着或多或少的关系——阿拉伯马性格倔强、身体健硕、喜爱奔跑、向往自由……

在"栗色旋风"很小的时候，就已经显现出阿拉伯马的这些特征了。它不喜欢被束缚、不喜欢被圈养。如果被抓住了，它也会想尽一切办法逃脱，而逃跑的办法也越来越让人难以置信。

三岁的"栗色旋风"已经成年了，它的体格非常健硕，焕发着蓬勃的朝气，充满了力量。这时，主人对它进行了一系列严格的训练，希望它能够成为一匹既优秀又听话的骏马。

虽然"栗色旋风"模样生得好，但它的脾气非常糟糕。训练的第一天，它就和驯马师发生了争执。当驯马师为它安上马鞍并骑上去时，它突然发起脾气来，先是猛地跳了起来，接着奋力地奔跑，并疯狂地摇晃着自己的身体，还不断地依靠后腿站立起来。

原来，它是在想办法从自己的背上把驯马师扔出去啊！但是，驯马师毕竟是驯马师，他天生就是这种性格暴烈、不听话的马的克星。当然，虽然"栗色旋风"使出了各种手段，但它最后都没能把驯马师扔下去。

就这样，"栗色旋风"慢慢地被驯马师驯服了，到了最后，它基本能够让人骑乘了。

可是，"栗色旋风"非常反感别人骑它，每当人们为它安上马鞍时，它就会不停地蹦跳，想尽力挣脱背上这个讨厌的累赘。好在，过了两个月，"栗色旋风"的粗暴脾气就收敛了很多，渐渐地变得温顺起来——在此期间，只要它胡闹反抗一次，就会换来一顿狠狠的抽打或者尖锐的马刺惩罚。

就这样，它格外老实地待了一个星期，每天都温顺地让人骑乘，一次也没有把骑它的人扔下来。

但是，这一个星期的最后一天，"栗色旋风"却发生了意外——它瘸着腿回来了，好像受了伤。

于是，主人把"栗色旋风"放回了牧场，让它好好休息。过了几天，主人觉得它的伤应该好得差不多了，于是又把它带出去进行训练。可主人才骑了不到五分钟，它就又开始瘸着腿走路了。实在没办法，主人只能又把它放回了牧场。

从那以后，只要有人把马鞍放到它的背上，它就开始瘸着腿走路，一步都没法跑。

每当这个时候，主人就会莫名其妙地想："这家伙究竟是真的受伤了还是在装受伤呢？唉，既然它这么不听话，还是把它卖了吧，免得惹出别的祸端来。"

按照市价，"栗色旋风"至少可以卖出五十美元的好价钱。不过，因为主人急于将其出手，于是，就以二十五美元的价格把它贱卖了。

新主人非常高兴——自己花了一个极低的价钱，竟然获得了一匹极为出众的骏马。他越想越觉得自己捡了一个大便宜，于是急不可耐地骑了上去。可是，走了还不到五百米，"栗色旋风"就开始瘸着腿走路，还把新主人扔了下来。这位新主人从地上爬起来，蹲下身，想看看它的腿伤。这时，"栗色旋风"却突然一溜烟地跑掉了，回到了原来的牧场。

它一回来就被抓住了，并被送还给了找过来的新主人。新主人可没有老主人那么有耐心，他一骑上去，就用马刺狠狠地向着"栗色旋风"的肚皮刺去。"栗色旋风"被刺痛了，发了疯一般地跑了起来，就像一阵风一样，短短两个小时就跑了三十多千米。

可是，等回到新主人的牧场，一解开缰绳，把它放回马圈时，它又开始瘸着腿走路了。

2. 偷菜的人

新主人的牧场旁边是一个菜园——那是邻居家的，里面种着各种各样的蔬菜。菜园的主人为了避免牧场的马偷吃园子里的蔬菜，就在菜园和牧场之间建造了一道大约一米高的栅栏。

不过，就在"栗色旋风"住进来的当天夜里，菜园里的大片蔬菜就被偷吃了，而且还被踩踏得一团糟。

天还没亮，做了坏事的马儿就悄悄地溜走了，因此，谁也不知道罪魁祸首是哪匹马。

"绝对不是我家的马，我家的马根本就跳不过去这么高的栅栏！"

当邻居怀疑是牧场主人的马做了坏事并向他抗议时，牧场主人坚定地予以反驳。

最后，争执无果，两家人不欢而散。

但是，到了第二天夜里，同样的事情又发生了。这时，牧场主人不免有些心虚了，立刻跑到牧场察看，发现自己的每匹马都在，当然，其中也包括"栗色旋风"。于是，牧场主人松了一口气，放心地走了。

一转眼，"栗色旋风"已经在这里生活两三天了，奇怪的是，它的腿伤似乎好了很多，而且看起来精神十足，没事就在新牧场上四处溜达。这一天，新主人的儿子看到了它，想试骑一下。主人的儿子刚一骑上去，就被"栗色旋风"毫不留情地扔了下来。

新主人立刻跑了过来，代替儿子重新骑上了"栗色旋风"。

"栗色旋风"很不甘心，多次想把新主人也扔下去，可是每次都失败了，新主人依然稳稳地骑在它的背上。"栗色旋风"见上蹿下跳的方法没有起到任何作用，于是，快速地向栅栏冲去，想让新主人的腿撞在栅栏上，而新主人看穿了它的诡计，马上把双腿一抬，巧妙地躲了过去。

见这招还不奏效，"栗色旋风"突然后腿直立，向后仰去，新主人却非常灵活地从马鞍上滑了下来，并狠狠地踹了它一脚。结果，"栗色旋风"自己失去重心，重重地倒在了地上。当它忍着疼痛顽强地从地上爬起来的时候，新主人又很快地跳到了它的背上。

无论它怎么蹦跶，就是没法子把新主人扔下去。这时，它猛地一回头，咬向了新主人的腿。但是，新主人非常机警，早就识破了它的企图，气呼呼地用力击打它的鼻子。见状，"栗色旋风"只能中途停止了反抗。

新主人跳下它的背，解下马鞍，无可奈何地嘀咕道："这可真是一匹极难驯服的马啊！"

然后，新主人把"栗色旋风"关进了马圈。而"栗色旋风"又瘸着腿走进了马群中。

邻居家菜园里的菜被马践踏的情况接二连三地发生，为此，菜园主人和牧场主人之间展开了一场明争暗斗。但是，因为没人知道糟蹋菜园的马究竟是哪一匹，所以这个问题一直悬而未决。

最后，实在没有办法了，牧场主人对菜园主人说："我们一定要弄清楚，究竟是什么马在这里作怪！这样吧，今天夜里，我陪着你一起看守菜园。"

到了夜里，皎洁的月光笼罩着牧场和菜园，牧场主人和菜园主人一起在栅栏附近悄悄地守候着。没过多久，"栗色旋风"出现了。它从马圈里悄悄地溜了出来，腿也不瘸了，直接冲着菜园跑了过去，然后一个纵身，轻松地跨过栅栏，跳到了菜园，然后，就开始肆意地享受起美味的蔬菜了。

事情终于彻底查清楚了！

两人立刻站起来，冲向"栗色旋风"。"栗色旋风"知道自己被发现了，立刻跨过栅栏，回到了马群中，然后又装出一副瘸腿的样子，好像受了重伤一样。

牧场主人对菜园主人解释道："我现在才知道，原来这匹马一直在骗我，它俊俏的外表和逼真的腿伤把我给蒙蔽了！"

但是，菜园主人却根本听不进去，他气愤地说："现在事情搞清楚了，确实是你的马踩坏了我的菜园，你看怎么处理吧！"

牧场主人想了一会儿，回答道："嗨，老伙计，你看这样好不好，你的蔬菜最多值十美元，而这匹马最少也值一百美元。这样吧，我便宜一点把它卖给你，二十五美元如何？这样一来，咱俩的事就一笔勾销了！"

听了牧场主人的建议，菜园主人立刻摇头道："这可不行啊！我的蔬菜最少能卖到二十五美元，而你这匹坏马最多也就值二十五美元。这样吧，你用它来抵偿我的蔬菜，否则，我是不会同意的。"

两个人讨价还价了半天，最后，牧场主人答应了，把"栗色旋风"白送给菜园主人。但是，他并没有把"栗色旋风"的各种坏毛病告诉他。

就这样，菜园主人变成了"栗色旋风"的第三个主人。

3. 五美元

菜园主人只知道它非常聪明，还不知道它的暴脾气。他把"栗色旋风"牵回来以后，刚一骑上马背，就被它猛地扔了下来！

菜园主人这才明白，原来，这是一匹极难驯服的马啊！

到了第二天，菜园主人制作了一个牌子，把它竖在了自家的门口，牌子上面写着：

"现有温顺、健硕的好马一匹，只售十美元！"

一天，五个骑马的猎人来到了牧场，准备去猎熊。他们带来了枪支弹药和猎熊的工具，一切都准备好了，只差猎熊的诱饵了。

这时，他们看到了菜园主人的广告，于是问："你这儿还有没有更便宜的马？"

"这么漂亮的马只卖十美元，你们就是打着灯笼也找不到啊!"菜园主人非常自信地回答。

　　一个猎人听了菜园主人的话,立刻解释说:"这匹马确实物美价廉,不过,我们买马就是用来当诱饵的,马的好坏没关系。所以,我们只想花五美元买一匹马!"

　　菜园主人见猎人们这么说,心想,这附近到处都是卖马的地方,如果自己不够果断,就会失去这次卖马的机会。况且,要是这个不安分的家伙找机会溜走,到时,自己可就什么都捞不着了。

　　于是,菜园主人狠了狠心,说:"行,既然你们这么诚心要买,那就五美元吧。"

　　看到菜园主人决心贱卖这匹马,猎人们简直有点不敢相信,于是赶紧掏钱把马买了下来,生怕菜园主人突然反悔。

　　当菜园主人看到猎人们惊讶的目光时,就忍不住把实情告诉了他们:

　　"别看它长得漂亮,可实际上就是一匹劣马。谁想骑上去,它就会把谁扔下来;让它干活,它就装瘸子。简直就是一匹毫无用处的马,索性卖掉得了!"

　　"原来如此!那么,倒是正好用来做捕熊的诱饵。"猎人明白了。然后,他们牵着"栗色旋风"离开了。

　　就这样,"栗色旋风"和那些驮着货物的马走在一起,只见它瘸着腿,表现出一副步履蹒跚的样子。一路上,它几次想要逃走,结果都被猎人们捉了回来。它越往前走腿就瘸得越厉害,似乎非常痛苦。到了傍晚，猎人们都相信了——它的腿确实受了伤。

　　猎人们一直向着深山走去，白天赶着马走，到了夜里，就把马拴起来，防止它们逃走。就这样，猎人们不断地向前走，而"栗色旋风"依然瘸着腿，耷拉着脑袋，垂下乌黑的鬃毛，故意显露出痛苦不堪的神情。

　　慢慢地，山势越来越陡，路也变得越来越不好走了。

　　一天，当他们经过一片沼泽地时，有好几匹马陷了进去，马腿都拔不出来了。于是，猎人急忙展开了营救。就在这时，"栗色旋风"趁猎人们不注意，迅速地逃走了。现在，它的腿不仅不瘸了，而且健步如飞、精神抖擞，头也不回地向着一个方向跑去，转眼间就从猎人们的视线中消失了。

　　这时，一个猎人二话没说，立刻骑上自己的马追了过去。如果正常追赶，这个猎人是不可能将它追上的。但是，这个猎人是一个追踪高手，知道怎么抄近路。当"栗色旋风"逃进山谷时，这个猎人已经在那里恭候多时了——"栗色旋风"又一次被抓住了，重新被带回了山里。

　　"栗色旋风"因为功亏一篑而十分沮丧，又开始瘸着腿走路了，而且，它还故意用后腿踢了一匹拖着笨重的货物的小马，而这匹小马的肋骨就这样被踢折了——这匹小马心想，自己真是太不走运啦！

4. 枪口逃生

山林的深处有一个熊窝。猎人们想杀死"栗色旋风",然后,用它的肉做诱饵,但是,它的脾气太暴躁了,谁也不敢靠近,更没人想"品尝"被它踢上一脚的滋味。

丛林里有一块空地,熊经常在那里出没,于是,猎人们决定,在这块空地上杀死"栗色旋风",从而把熊引出来。

山路的两旁都是陡峭的斜坡,无论从哪一边都是不可能逃走的,这似乎断了"栗色旋风"逃跑的念头,于是,它非常失落地拖着有气无力的步伐慢慢走着。

不过,在这条山路的尽头,是一片辽阔的大草原,倘若到了大草原上,"栗色旋风"就有机会逃走了。

猎人们从狭窄的山路走出来,到了一块长满杂草的地方。一条小溪在这儿安静地流淌着,在小溪附近有几条蜿蜒的小路,好像是熊踩出来的。

这时,一位年纪比较大的猎人开口说道:"我们就在这个地方把它干掉吧。"

"这个主意非常好,这个位置真是再适合不过了。它现在只有两条路可走,一是让我一枪把它打死;二是自己侥幸逃脱,这就全看它的运气了!不过,我会对准它的头开枪的,只要一切顺利,它肯定会死在这里。"另一位年轻的猎人附和说。然后,他就把枪拔了出来，同时勒住了自己坐骑的缰绳。

这时，猎人们都停了下来，看着"栗色旋风"瘸着腿走到了林子里的那块空地上。

猎人们噘拢嘴唇，按照惯例吹起了尖厉的口哨。

"栗色旋风"走到了空地的中央，听见口哨声以后，立刻停了下来，转过身来看着这群猎人。它的鼻孔张得大大的，脖子伸得长长的，好像是在搜寻着风中的气息。它就站在那里，姿态优美，神情威武，简直是集世上所有马儿的优点于一身。

猎人将枪端起来，瞄准了"栗色旋风"的额头，果断地将扳机扣下。

只听"砰"的一声，清脆的枪声打破了山林的宁静。

就在这一瞬间，"栗色旋风"突然以闪电般的速度转身，躲开了飞速射来的子弹，然后奋力地跑出了这片空地，向着小道的尽头逃去。

猎人也太自信了，居然使用这种冒险的射击方式：要么一枪毙命，要么失去机会。

猎人失手了，等他装好子弹，准备再次射击的时候，"栗色旋风"早就逃走了。

"栗色旋风"跑进了茂密的森林里，越过布满危险的沼泽，蹚过清澈的河水，还溅起了一片片水花……它不停地向西边跑去，跑向那片一望无际的大草原。

在遥远的地平线上，有一团黑乎乎的东西快速地移动着。这

时，由远处传来一个深情的声音，极其模糊，似乎有些陌生，不过，很明显是在召唤它：

"嗨！亲爱的朋友！赶紧加入我们吧！"

这叫声立刻吸引了"栗色旋风"的注意，它朝着声音传来的方向——也就是西边广阔的平原狂奔而去。不一会儿，它就把高大的乔木林抛在了身后，一些低矮的灌木丛和草丛出现在它的眼前，很快就要到平原了。原来，刚才那群快速移动的黑乎乎的东西，居然是一群黑色的野马。

野马们看到了英俊的"栗色旋风"，一个个变得骚动起来。这时，"栗色旋风"向它们发出了一声嘶叫，那声音与这些野马的叫声完全相同，好像在说：

"嘿，伙计们，我来啦！"

紧接着，野马们对它做出了回应："赶紧加入吧，我们都在等着你呢！"

于是，野马群不断靠近"栗色旋风"，以表示对它的欢迎。就这样，"栗色旋风"

幸运地成了野马群中的一员。

黄昏时分，天还没彻底黑下来，五彩的晚霞给广袤的大草原披上了一层绚丽的晚装。

如今，一心向往自由的"栗色旋风"总算回到了大自然母亲的怀抱！

虽然比起以前的环境，这一望无际的草原上，没有柔软的草料和温暖的住所，在寒冷的冬天还会忍冻挨饿，甚至会遇到狼群的围捕，到了温暖的春天还可能会遭到灰熊的袭击，但是，不管条件多么艰苦、处境多么危险，"栗色旋风"还是更喜欢这种自由的生活，更愿意在这片广阔的草原上纵横驰骋。

如今，如果有谁去到那片大草原上，也许还能看到它呢！现在，它比以前更加俊美了，也更加健壮了，就连肚子上的马刺印都消失不见了……

沙漠中的
小精灵

1. 月光下的小精灵

我在格伦堡的时候，就住在这个简陋、低矮的房子里。它的墙是用泥做的，屋顶和墙壁都是干泥巴。围绕在河床两边的都是沙土，而且，不远处的山丘也是用泥土堆积而成的。每当山丘上覆盖着的霜冻开始融化，这片古老的土地就再次得到了滋润。

对于从富饶的曼尼托巴湖来的陌生者来说，这个地方似乎平淡无奇，毫无吸引力。但是，我越了解它，就越觉得这个地方简直就是人间天堂。这里的每一棵棉白杨的痕迹，似乎都在说明这里曾经有河流流过，那些低矮的灌木丛和杂草丛也展现出勃勃生机。而且，不管是白天还是晚上，我都能在这里认识新朋友，或是了解有关这里的原住居民的真实情况。

白天，这片神奇的土地属于人类和鸟儿，但是，一到夜晚，这里就变成了四足动物的天下。我在睡觉之前，会认真地观察它们的举动，并因此而经常失眠。我每天早上都要迎着鸟儿的叫声起床，去看看昨天晚上留下的那些脚印属于哪些动物。

我一直在研究着，当然，其间也曾经出现过失误。其中，有一两次，当一只美洲山猫出现时，我居然错误地把它当成了臭鼬。不过，很快，我就弄清楚了美洲山猫和臭鼬的不同之处，而且，以后再也没有犯过这样的错误。

有时候，我会找到一些危险的踪迹。一次，我看到了一头大狼留下的脚印。从脚印能够看出，它是沿着小路走过来的，一直走到了我的房门口，它离我的门很近。但是，它之后就停了下来，稍作停顿以后，便转身离开继续寻找猎物去了。

棉尾兔、山狗、长耳大野兔也经常从我的房子前面经过，而且，它们都会在第二天早上同时消失。我记下了它们的到访情况，就这样，我慢慢了解了它们的生活习性。

在这些脚印中，有一个印记是非常神秘和独特的，它就像女士紧身衣的带子，交织着一重重复杂的线。它是新鲜的，而且是前一天晚上留下的。那里这样的印记可太多了，而且不停地重复，这可真是不可思议。

开始的时候，我以为这些印记是许多的两足小动物留下的，它们紧紧地挨着。但是，在这里，两足动物只有人类和鸟儿，而这些脚印很明显并不是哪种鸟儿留下的。于是，我开始收集这类证据。

首先，每天晚上，这里都有很多非常小的、两足的、身上有毛的动物在月光下起舞。它们的身材很小，彼此紧挨着跳舞。谁也不知道它们来自何方，也没有人知道它们会去何处。它们或许是能够隐形的，否则，怎么会逃过山狗敏锐的眼睛呢？

如果这件事情发生在英格兰或者爱尔兰，所有人随时随地都能解释这种隐形、毛脚、能够在月光下起舞的两足小动物。这是为什么呢？当然，他们会说，不管哪个笨蛋都知道——这就是精灵。而且，只会是精灵，或者妖精。但是，在新墨西哥州，至少到目前为止，我还没有听说过与此有关的事情。

我也不相信这个世界上真的有精灵，或者妖精，那么，这到底是什么动物呢？

一天晚上，在柔和的月光照耀下，一块小石子微微动了一下，

这块小石子特别小，小到了你可以把它放在手心里。倘若再仔细一瞧，啊！那可不是什么小石子，而是一只小动物！

它长着一条长长的尾巴，尾巴尖上还垂着一根白穗子。当它的尾巴摇晃起来的时候，就像在摇动一面小白旗。它的长相几乎与老鼠一样，那颗小脑袋上嵌着一双大眼睛，而且在不停地滴溜溜地转，样子真是太可爱了。

但是，如果你仔细观察，你就会发现，它和普通的老鼠还是有区别的。它的后脚要比前脚大得多，看起来和袋鼠很像。很明显，它和老鼠是同类。但是，因为它长了一双大脚，所以，人们把它叫作"袋老鼠"。

原来，在沙土上留下一串串小脚印的小精灵，就是这种可爱的、娇小的袋老鼠！为了方便，我们索性叫它迪普吧。

那么，这个迪普是怎样生活的呢？我们一起去悄悄地看一看吧。

迪普正在不停地用前脚挖着地面，一直在挖着，一会儿都没有停下，那劲头就像豁出命一样。在昏暗的月光下，看起来如同一块小石头在不停地蠕动。

转眼间，迪普就挖出了一条蛴螬虫。看来，它真的饿惨了，两三口就把虫子吞了下去。蛴螬虫是一种营养丰富、水分充足的食物，甚至和水果差不多。可以说，在滴水难求的沙漠里，蛴螬虫就是迪普的"宙斯"。

说实话，蛴螬虫确实就是迪普的救命恩人。水是所有动物的生命之源，迪普就是通过吃蛴螬虫来为自己补充水分的。迪普不仅吃虫子，它还会吃植物，它一点儿都不挑食，与它的窝距离很近的许多植物都是它的食物。

刚吃完虫子，迪普就在一根矮树枝上不停地蹭自己的肩膀。这时，你可以闻到一股淡淡的麝香味儿，这是迪普留下的记号。

迪普把这种麝香味当作自己的好帮手，一方面，这种气味能够帮迪普联络朋友，另一方面还能帮迪普辨认自己的家。

就在此时，一大片黑影正在慢慢地向迪普逼近。

是沙漠狐！它想暗中偷袭迪普！

迪普一向机警，想抓住它可没那么容易！只见它"嘭"的一下蹿了起来，然后，蹦蹦跳跳地逃走了——那样子就像一个蹦来蹦去的乒乓球。就这样，它把沙漠狐远远地甩在了后面。要知道，迪普保命的撒手锏就是高超的弹跳力和奔跑速度。

虽然迪普摆脱了沙漠狐的魔爪，但是，它却离自己的家越来越远了。不用担心，迪普自有回来的办法。果然，没过多久，迪普就迅速地返回了家中。奇怪！这沙漠那么大，每个地方几乎都是一个样儿，迪普怎么能如此准确地找到自己的家呢？

迪普的耳朵两侧有一个奇怪的设备。这个设备看起来就是一个蓬松的凸起。这个凸起有什么用呢？原来，在这个凸起的地方有一根很长的骨头，不过，这可不是一根普通的骨头，它的里面有一种特殊的液体，在这种液体里漂浮着一根像小针一样的东西。此外，这里还集中着大量的神经组织，这些神经组织可以向迪普发信息，告诉它应该往哪里跑。所以，无论跑到哪里，也不管路线有多么复杂，它都能安然无恙地回到自己的家。

迪普钻入了一个小洞——里面就是它的家，这个家特别大，光是隧道就很长，而且，其中还有很多分支。

在隧道的顶端分别建有一个大厅、一个小房间和一个仓库。这个仓库是迪普专门用来存放粮食的。迪普天生非常聪明，它一共建了两三个类似的仓库，而且，在每一个仓库里都装满了粮食。

迪普之所以这样做，是有它自己的想法的——如果有一天敌人来袭，并守在洞口不离开的话，它就不用担心挨饿了。那个仓库中满满的存粮完全能够让迪普底气十足地对付外面的敌人。而如果赶上天气恶劣，它也可以不必出去觅食，只要待在家里，过自己悠闲的小日子就可以了。

此外，迪普居然还给自己专门弄了个厕所，而且还不止一个，而是三个！这一点在小动物中非常罕见。对大部分动物来说，外面的天地如此大，随便在哪里都能"方便"。但是，迪普却不想过得那么寒酸，所以它就费劲弄了三个厕所——这可比很多人家都要阔绰了。

很快，迪普就来到了一间离地面一米深的大房子里。这间大房子几乎与成年男人的手心同等大小，里面铺着一层松软而有弹性的席子，席子上铺着很多羽毛。迪普刚进来的时候，嘴里叼了一根羽毛，原来，它就是准备把羽毛放在这里的。

这就是它的卧室，里面不潮不冷，温度适宜，住着特别舒服。

整条隧道一共长约两米半,而令人最感到惊讶的是,迪普竟然在地面上开掘了十个出口!这可真是一座庞大的"地下豪宅"。

其实,这个豪宅是迪普的祖辈留给它的遗产——这个豪宅不仅是一个家,也是一座城堡。

2. 男人和篮子

一天,一只从未看到过的动物来到了莫哈比沙漠。他长得又高又大,而且只用两条腿走路。毫无疑问,这是一个人,而且是一个非常喜欢沙漠的男人,他的手里拎着一个像篮子一样的东西。他之所以来这里,是因为听说在这个沙漠里住着一种极为可爱的小动物,所以才坚持要来看一看它的样子。

在白天是很难看到这种小动物的,但是,人却可以发现它的脚印。于是,这个男人就低头弯腰地仔细寻找着,但就是找不到。原来,昨晚狂风大作,把所有的脚印都埋在了沙土里。

他蹲下身去,看到沙子上露出了一些小洞。那些小洞看起来平淡无奇,但是对这个男人来说却意义重大,因为他已经知道那都是些什么洞了。于是,他把那个像篮子一样的东西放到了洞口,然后就离开了。

天色一点点变黑了,迪普准备出洞了。它把小脑袋从小洞里探出来,这时,它的鼻子嗅到了一阵食物的香气。虽然它从未见过这些东西,但是,这种好闻的气味让它放松了警惕。它一头钻进了篮子里，发现那里居然有奶酪和葡萄干，简直太幸运了！

迪普一跳进篮子，就听见"啪嗒"一声——糟糕，篮子的入口被关上了。迪普这才明白，危险已经悄悄地降临了，但是，此时它已经在劫难逃了。迪普在篮子里急得团团转，但就是出不去！其实，那个篮子就是为它量身定做的，里面有一个装置，只要迪普一进来，篮子就会立刻自动关闭。

第二天，天才刚刚亮，那个男人就来了。他向篮子里看了一眼，发现里面有一个小动物在爬动。这个小家伙看起来非常讨人喜欢。他以前见过无数的小动物，却从未见过这么美丽的长毛小动物。

这个小东西可真好看。只见它的身上穿着一件鲜亮的褐黄色斗篷，两只前脚都戴着白色的小手套，后脚则穿了一双白色的小拖鞋，胸前还穿着一件白色的小马甲；小尾巴很长，上面还有几道美丽的条纹，尾巴尖的地方垂着一串白穗子，乍一看，就像一面小白旗；一双湿润的大眼睛不停地滴溜溜地转。男人越看心里越喜欢。

于是，他拎着篮子回到了牧场。一进家门，他就打开了篮子，伸手去抓迪普。受到惊吓的迪普缩在篮子的最里面，紧紧地盯着慢慢伸向自己的大手。

男人轻快地把迪普握在手里，迪普只是稍稍挣扎了一下就彻底放弃了反抗。之后，它就被放进了一个大围栏里。

这个大围栏非常大，大到能够装下一个人。迪普以为，这下自己终于自由了，于是飞快地跑了起来。它把两只前脚放在胸前，两只后脚跑起来就像一条流线，与此同时，长长的大尾巴还向上卷着。可是，无论它跑到哪里，都会被一堵墙挡住，看来，自己是不可能逃跑了。

当迪普知道这里没有出口时，它就开始一个劲儿地向上跳。可是，它一口气换了六个不同的地方，在每个地方都跳了六次，结果每次都因撞到了顶棚而重重地摔到了地上。

很快，那个男人来了。他站在围栏边上，一边悄悄地将手伸向迪普，一边用嘴巴不停地发出"咕呜呜咿咿"的声音。迪普恐惧极了，它把自己的小身体紧紧地缩在一起，一点一点地蹲了下去。它刚准备找个机会逃走，男人的手却突然停住了。

男人的嘴里依旧发着"咕呜呜咿咿"的声音，那声音听起来充满了慈爱，似乎是在对迪普说："咱们做朋友吧。"他用手轻轻地摸着迪普的小脑袋，不久，就把手抽了出去。然后，他把一些好吃的东西放到自己的手心上，接着又把手伸了进去。

迪普盯着这些食物，但是没敢动，男人趁势用另一只手在它的后背上轻轻地来回抚摩。这些食物的吸引力可太大了，迪普居然为了它们而放松了警惕，不顾一切地大嚼起美味来。

男人非常高兴，觉得迪普从此以后就是自己的朋友了，但是，迪普可没有这个意思。一到晚上，它就费尽心思地想逃跑，于是不停地左冲右突，整个晚上都没有睡觉。

第二天，天刚蒙蒙亮，男人就带着迪普去沙漠了。他把迪普放到地上，准备将它放生。但迪普似乎并没有明白对方的意思，

它呆呆地看着四周，一动不动。男人又把手伸了过去，轻轻地抚摩着它，迪普就那样乖乖地蹲着，甚至一下都没有挪动。

过了很长时间，男人突然"啪"地拍了一下手，迪普这才清醒了过来，赶忙一蹿老高，撒欢儿似的跑远了。

太阳一点点地落下去了，迪普好像发疯一般狂奔在黄昏时分的草原上，一直向着它那座庞大的地下城堡冲去。

3. 沙漠里的乐趣

不久，它就跑回家了。

迪普真是太累了，一回到家就美美地睡了一大觉。在它离开家的时间里，沙子和石头堵住了家里的很多出口。幸亏，还有一个出口没被堵住，因此，迪普连着好几天都只能从这一个出口进出。

迪普非常小心地把头从洞里探出来，向四周窥探着。在确定没有任何危险之后，它才钻了出来。但是，它依然有些担心，于是就顺着风的方向仔细地闻了闻周围的各种气味。通过辨别这些气味，迪普发现，很近的那片灌木丛的阴影里藏着一只山猫或是山狗；在稍远一点儿的地方有一条响尾蛇，它正像树根一样静静地待着。

很久以后，待迪普知道附近没有敌人出没后，就蹦蹦跳跳地去觅食了。这次，它的运气非常好。很快，它就抓住了一只名叫"沙漠之虾"的蝗虫，开心地享用了起来；接着，它又找到了一些青菜（琉璃苣和樱草）和肉类（蛹壳）；最后，它甚至找到了一些沙拉（芥末叶）和点心（草莓和豆类）。瞧瞧吧，这是一顿多么丰盛的晚餐啊！

很快，迪普又来到了一个长着茂密的蒿草的地方。它找到了一根草茎，将自己的身体在上面蹭了蹭，留下了自己的味道作为记号。后来，它成家以后，就是借助这个记号让丈夫知道自己的去向的。

此后的日子里，有一次，迪普的运气非常差，就在它睁大双眼观察四周的时候，它被一只猫头鹰盯上了。这时，猫头鹰迅速地向它直扑过来，它撒腿就跑进了一个仙人掌的阴影里。但是，就在这命悬一线之际，它还没有忘记用"咚哒咚哒"的声音告诉它的丈夫和朋友们"有危险"。那声音听起来就像敲鼓一样，节奏非常鲜明。

猫头鹰没捉到迪普，失落地离开了。幸免于难的迪普从草丛里钻出来，把两只像戴着白手套一样的前脚放到胸前，蹦蹦跳跳地跑了。

很快，迪普发现一棵尖草的顶端结满了草籽，它把草籽捋下来放进了嘴里。因为太贪心，草籽把它的两腮撑得鼓鼓的，让它的脸型变得非常搞笑——脸颊旁的袋子似乎成了它运载食物的提包。

迪普接着寻找食物，有时还会高高地跳起。就在这时，它找到了一个落在地上的红色的月亮，那真是一个十分奇怪的东西。

它走近一点，想一探究竟，结果发现，那不是月亮，而是篝火。那个曾经抓住它的大动物就坐在篝火旁边，他的身边还趴着一个体形和山狗相近的动物。

是的，那就是一人一狗。

只见那只狗正一步步地向迪普走来，迪普发现有危险，立刻转身就跑。很快，远处响起了"嘣"的一声，接着，一面白旗在那里不停摇晃着。机警的迪普一边敲打着地面，一边摇晃着尾巴上的小旗。这时，两只袋老鼠越走越近，其中一只就是迪普的丈夫。它们互相问候，互相碰触胡须。

突然，天空一下子暗了下来——山狗向它们跑过来了。

迪普的丈夫立刻钻到了山狗的身子底下，迪普则马上跑进了旁边的草丛里。山狗看到它们都躲开了，当然不肯罢休，立刻扑向藏在草丛里的迪普。迪普使劲一跳，就从草丛中跳了出来，迅速地逃走了。山狗见迪普逃走了，就跟在后面猛追。但是，迪普跑起来的路线是弯弯曲曲的，这让山狗追起来非常费力，没过多久，迪普就把山狗甩掉了。

迪普逃回家没多久，就听到一阵抓挠的声音从入口处传来。迪普试探着走了过去，用力跺了几下地板，然后就听到了一阵熟悉的信号声——这是自己的丈夫回来了，于是，它使劲把入口处的沙子刨开，将丈夫迎了进来。它们简单地互相问候后，立刻用沙子把入口处堵上了，接着就一起走进了安全的城堡里。

异闻录

狐狗乌利

1. 374 只羊

乌利是一只黄色的小狗。但是，需要特别指出的是，这只黄色的小狗与其他的黄色小狗不一样，它那全身黄色的皮毛总是能够让人有一种温暖的感觉。

在所有混血狗中，乌利可以说是一个典范，也可以说是一个精英。它不像别的狗那样有着复杂的个性。虽然它身上带着祖先狐狗的天性，但是，与那些和它有关系的贵族狗比起来，乌利显得更加稳重，也更加优秀。

是的，从生物学的角度来看，狐狗基本上和"黄狗"是一样的。但作为杂种狗，它非常精明，充满活力，而且身强体壮。比起那些纯种的同类，它具有更强的适应生存环境的能力。

猎狗和老虎狗则属于"纯种"狗，它们一个奔跑速度极快，一个勇猛无比。倘若把这些"纯种"狗和"杂种"的狐狗一起放到荒岛上的话，那么，半年以后会是什么情况呢？

因为是荒岛，所以，这些狗要想生存下去，就必须依靠自己的力量。当然，如果半年后我们再去看，最后生存下来且过得很好的狗一定是狐狗。虽然狐狗没有猎狗跑得快，没有老虎狗勇猛，但它的身体素质特别好，不容易生病；而且，尽管它不善作战，但它非常清楚怎样才能更好地活下去——对于狐狗而言，生存的重要条件就是健康和机智。

这种狐狗无论是脾气还是体力都遗传了胡狼的一些典型特征。它们会竖起一对尖耳朵，而且生性狡猾，它们还特别激进，会做出很多鲁莽的事情。此外，它们天生具有一种独特的野性。当然，我并不想在这里对它们的残暴性格进行详细的解说，总而言之，你必须要特别提防这种狗。

我在这里要讲的乌利，就是一只长着一对能够竖起的尖耳朵的狐狗。

乌利从小就是一只牧羊犬，它与一只特别能干的牧羊犬和老牧羊人罗宾生活在一起。

比起老罗宾，那只牧羊犬更聪明些，于是，牧羊犬就成了乌利的"老师"。在牧羊犬的指导下，乌利在两岁时，就已经掌握了所有牧羊的本领。为此，它深受老罗宾的信任，常常奉命看羊，而老罗宾自己则总是去小酒店里喝酒。

乌利对老罗宾可谓言听计从，它觉得，在人类里，这个老头是最重要的，也是最伟大的。其实，罗宾只是一个薪酬每星期五先令（译者注：英国最早使用的货币单位，1先令=12便士，1

英镑 =20 先令）的受雇牧人，一个爱喝酒的老头而已。

一天，雇主给罗宾发来命令："把羊赶到约克州的市场上去！"

于是，老罗宾就带着乌利赶着 374 只羊，赶向诺萨巴洛伦多草原。路上一切都很顺利，没有发生任何意外。很快，他们就来到了蒂尼河，然后坐上渡船，到达了萨乌斯·希尔兹港。

这个港口城市拥有很多大工厂，整个城市的上空都被烟囱里冒出的滚滚黑烟笼罩住了。那一团团黑烟与故乡遭受大风暴袭击时的景象格外相像，这样的情景吓坏了羊群。所以，它们刚一下船，就开始四处逃窜。

这下可把老罗宾急坏了，他看着四下逃窜的羊群，一下子慌乱起来了。然后，他用自己那不大聪明的脑子想了很长时间，才对乌利说：

"乌利，你去把那些羊给我赶回来！"就是这么简单的想法，如果老罗宾不动下脑子，他都根本想不出来。

在乌利的眼中，老罗宾的命令就是上帝的命令，只要主人一开口，它就会立刻照办，并全力以赴。乌利应声跑了出去，很快就把溃散到数个方向的羊赶到了罗宾面前。而老罗宾却在乌利找羊的时候，悠闲地织起了袜子。

看到乌利回来了，老罗宾就开始清点羊的数目，结果发现少了一只。

于是，老罗宾告诉乌利："数目不对，少了一只，你再去找找。"

尽管乌利非常不耐烦，但它还是去找了。

就在乌利走后不久，一个小男孩对老罗宾说："那群羊不正好是 374 只吗？"老罗宾立刻重新数了一遍，确实一只也不少。老罗宾这下可犯难了。

雇主让他尽快把羊群赶到约克州去，如果等乌利回来再走，那就肯定会迟到。而且，乌利一向非常听他的话，对于他的每一个命令，它都会尽力办到。因此，如果这次它找遍全城也没有找到那只羊，就肯定会去偷一只——但以前它从未这么做过。如果乌利真的去偷羊的话，那么，在这个人生地不熟的地方，它肯定会遇到麻烦。

"这可怎么办呢？"老罗宾转动着他那愚笨的大脑苦苦思索着。

如果不能及时赶到，自己就会被扣工钱。但是，乌利那么忠诚，自己也舍不得丢掉它，但雇主的命令是不能违背的。可是，如果乌利真的去偷窃其他人的羊，后果会怎样呢？

认真地思考了很久，他决定放弃乌利。

这时，乌利正在大街上仔细地找着，它已经跑了好几千米，但是没有任何结果。到了晚上，它已经体力耗尽、饥饿不堪了。没办法，它满脸羞愧地回到了渡口，却再也无法找到羊群和自己的主人了。

乌利觉得非常难过，它打着响鼻，在周围来回地奔跑着。之后，它就搭上渡船，到河对面去寻找主人了，但是，依然没找到，于是，它又回到了萨乌斯·希尔兹港。整整一个晚上，它都在寻找着那个让它无比崇拜的老头。

可无论怎么找，就是看不到老罗宾和羊群的踪影。

2. 600万只脚

乌利不甘心,第二天,它继续不辞劳苦地寻找。

它一次次渡河,又一次次返回,留心观察着每一个来河这边的人,甚至还去闻了闻他们的气味。聪明的乌利甚至还把城市里的酒店挨个儿找了一遍。但是,一天过去了,它还是什么都没找到。于是,它开始加倍用心地去找,甚至开始刻意地嗅每一个从渡口经过的人。

这儿的渡船每天往返50次,平均每次的载客数量是100人。在这段时间里,乌利总计检查了5000人——这就表示乌利每天要闻10000只脚。

渡口那儿的人都特别同情它,主动给它食物。但是,乌利毫不领情,它看都没看那些食物和人。谁也不知道它是怎么活下来的。但是,后来,乌利实在太饿了,也就吃了那些东西。但它却从来都不与他们亲近,依然在一门心思地找老罗宾。

在乌利被遗弃在这个城市一年零两个月后,我认识了它。这时的乌利依然每天去闻那些乘船人的脚。它已经变得非常漂亮了,拥有白色的颈毛、一张聪明伶俐的脸和一对竖起来的耳朵。不管它走到哪里,都能引起人们的注意。

乌利也闻了我的脚,但当它知道我并不是它要找的人时,就不再理会我了。我试着和它打招呼,但是,它却对我不理不睬的。

乌利之所以不愿回故乡，是因为它对自己的主人罗宾实在太信任了，总希望能够在这个渡口与他重逢。

在这两年的漫长时间里，乌利已经闻了整整 600 万只脚。

一天，一个身材魁梧的牲口贩子下了船。乌利一闻到他的气味就开始发抖，而且全身的毛都竖了起来，向着对方发出一阵低沉的吼叫。

一个船夫见此情景就对牲口贩子说："喂，你不要把它吓坏了！"

牲口贩子马上回道："我没吓它，是它在吓我，好吧！"

但是，这时的乌利却态度大变，它突然摇着尾巴，向牲口贩子表达自己的善意——这下子，一切疑团都被解开了，原来这个人是老罗宾的朋友，他正好戴着老罗宾的手套和围脖。

牲口贩子名叫道利。自从见到道利以后，乌利就不再找老罗宾了。它一边看着道利，一边不停地摇着尾巴，可以看出来，它已经决定要跟道利走了，而道利对此当然也很愿意。

道利的家在达比峡山中，从此以后，乌利就开始了自己的牧羊生活。

乌利还是很能干的，而且工作做得非常出色。羊群吃草的时候，它就在旁边看着；到了夜里，它就把羊赶进羊栏。每年，住在这里的人都会因为老鹰和狐狸的侵害而蒙受巨大的损失，可道利却因为乌利的存在而避免了这样的损失。

乌利真是一只非常优秀的牧羊犬，但是，它的脾气有些暴躁，见到陌生人就会凶巴巴的。或许，这是因为它被主人长期抛弃，加之苦寻无果，所以才会性情大变吧！

3. 可怕的老狐狸

达比峡山上有一个著名的溪谷叫门萨戴尔，这里岩石重叠，地势险峻，遍布着悬崖和岩洞。从前，这里居住着很多狐狸，这些狐狸总是去附近的牧场和农庄里捣乱。但是，现在，这里的狐狸却不像过去那样猖獗了。

1881年，这里出现了一只狡猾的老狐狸。许多农家的鸡和山羊都被它弄死了。倘若农户放狗去追它，它就会逃到一个叫"鬼洞"的岩石洞里。鬼洞里的岩石缝隙非常深，一眼望不到头，因此里面到底是什么样的谁也不知道。所以，每当老狐狸跑到鬼洞里去，猎狗就无计可施了。

一次，眼看着一条猎狗就要抓到老狐狸了，谁知，这条猎狗却突然好像疯了似的。从那以后，人们深信，那只老狐狸肯定是被幽灵附体了。老狐狸坏事做尽，变得越来越嚣张。它把家畜弄死似乎纯粹是为了取乐，而不是为了饱餐一顿。它甚至在短短的两个晚上就弄死了17只小羊。到了后来，村子里的羊几乎被它祸害尽了。

人们对那只老狐狸也已经有了一些了解。这只老狐狸身材高大，或者说，它的脚印非常大。即便是再凶猛的猎狗也害怕它，因此，谁都不敢追踪它。于是，村里的人商议，等到一下雪就去捉它，这回一定要杀掉它。

然而，一直都没有下雪。

在一个风雨交加的深夜，我走到了门萨戴尔。当我来到斯蒂德家羊栏的转弯处时，突然，在一道闪电照耀下，我惊讶地发现，一只体形巨大的狐狸就在距离我20米远的路旁。它一边用两只凶狠的眼睛牢牢地盯着我，一边不停地舔着嘴巴，那样子好像是发现了猎物。因为电光把这只狐狸闪了一下，所以，周围很快就变成了一片黑暗。

假若后来没有发生其他的事情，那么，我可能很快就会忘记这件事了。但就在那天晚上，老斯蒂德家的两三只小羊和它们的爸爸妈妈全被弄死了。

是的，我看到的那只狐狸就是罪魁祸首。

尽管这只老狐狸到处干坏事，但是同样住在受害区中心的道利家却没有蒙受任何损失。道利家就住在溪谷附近，但他家的羊却安然无恙，于是，人们就把这种情况归功于乌利，开始对乌利大肆赞扬。

即便如此，乌利的人缘还是非常差。因为它的脾气还是那么倔强，而且越来越古怪。所以，人们对它只有尊重，没有喜欢。

不过，乌利好像非常喜欢道利的女儿荷达。荷达年轻、漂亮、聪明，又十分疼爱乌利，因此，乌利很听她的话；对乌利来说，道利与家里其他人的命令，它只会偶尔听一下；而对那些陌生的人或狗，它从来都不加理会，甚至充满憎恨。

一天，我正走在道利家屋后的一条沼泽小路上。这时，乌利跑了过来，站到了路中间，把身子一横，眼睛似乎凝视着远方的什么东西。

于是，我避开它绕道前行，但是，它又追了上来，在越过我以后，又重复了一遍刚才的动作。

我想再次避开它，谁知衣服却擦到了它的鼻子，于是，它突然咬住了我的脚。我赶紧用另一只脚踢它，还用石头打它，石头正好打到了它的腰。随即，它迅速滚到了旁边的水沟里，然后逃掉了。

乌利就是如此古怪，但是，它对自家的羊群却非常用心。

4. 20 只羊

十二月底，天空中终于下起了雪。寡妇盖尔特家的 20 只羊都被弄死了。村民们非常气愤，他们带着枪，顺着雪地上的脚印，到处追踪那只老狐狸。人们发现，雪地上有一串非常清晰的大狐狸的脚印，而且一直延伸到河边，然后，就在还没有结冰的水面上消失了。

人们搜查了河对岸，但没有看到任何脚印。后来，人们在与此相距 500 米的地方，找到了它出水的痕迹——那只狐狸太狡猾了，它为了消除脚上的气味，于是选择在水里走。从脚印来看，它上岸后又往前走了一会儿,然后就跳到了一个非常高的石墙上,由于石墙上的雪都已经融化了,村民们也没法判断出它到底跑到哪里去了。

但是,村民还在顺着石墙认真地搜寻着,很快,他们就在石墙附近的一块平整的雪地上找到了它的脚印。于是大家顺着脚印一路追去,来到了一块高地。一到这里,狐狸的踪迹就不见了。

一个人说:"老狐狸好像是沿着这条路往上跑了。"

另一个人马上说:"我看不像,它肯定是往下跑了。"

老乔及时制止了两人的争论。过了很长时间以后,一个人大喊道:"在这儿!"

众人顺着声音望去。

有人说:"这个脚印会不会太大了?"

其他人却说:"这脚印和我们之前见过的很像。"

于是大伙儿又沿着脚印追了过去。

那脚印离开了道路,跑到了附近的一个小羊栏里,但是,没有伤害羊就跑了。离开羊栏后,它又出现在那条沼泽路上,随后,又顺着这条路跑去了道利的庄园。因为那天下雪,乌利就没去放羊,而是在几块木板上躺着晒太阳。看见人们跑近了,乌利就"呜呜"地吠叫起来,不过,可能因为人多势众,乌利只叫了几声后,就从木板上跳下来,溜到了羊群那儿。

皮古·安顿·侯伊斯尔旅馆就在这个溪谷里,它的意思是"猪哨",在这里算得上尽人皆知。老乔就是旅馆的主人。他非常精明能干，如今也在寻找狐狸的队伍当中。当他看到乌利留在雪地上的脚印时，不由得愣了一下，然后这个聪明人立刻判定：乌利的脚印与老狐狸的脚印完全一样。

于是，老乔指着正在后退的乌利，大声喊道："喂，大家快来看！弄死盖尔特家羊群的凶手就是乌利！"

有人同意老乔的话，也有人表示反对。反对的人说："疑点太多了，我们还要再调查一下。"

这时，道利从屋里走了出来。老乔马上说："喏！道利，你的狗昨晚弄死了盖尔特家的 20 只羊。在我看来，它可能已经干过很多次这样的事了。"

道利一听就着急了："什么，老乔，你疯了吗？乌利可是最好的牧羊犬，它特别擅长照顾羊群！"

老乔回答说："是的，它可真是会照顾羊群，你看看它昨天晚上干的好事，难道它所谓'照顾羊群'就是这个意思吗？"

听了这话，道利更加生气了："你这是在成心找茬儿，你是妒忌我有一条这么好的狗，想把它据为己有吧！"

接着，众人就把追踪脚印的事情告诉了道利。道利根本就听不进去，他还说："乌利每天晚上都睡在我家厨房里，如果家人不让它去放羊，它就一定不会出去。你们看，它在这一年里，始终和我的羊群守在一起，从未伤害过其中一只羊。"

于是，双方争执起来。

就在这时，荷达走了出来，她想出了一个绝妙的主意：

"爸爸,今天晚上我和乌利一起在厨房睡,它晚上有没有出去,我肯定会知道的。如果今晚还有谁家的羊被弄死的话,就能证明乌利是清白的了。"

大家都接受了这个建议。

当天晚上,荷达睡在了厨房的长椅上,乌利依然睡在桌子底下。

5. 惊魂之夜

夜深了,乌利开始变得烦躁不安,它不停地翻来覆去,难以入睡,而且,还一连两次爬起来,伸了伸腰,又向荷达那边看了看,再重新躺下。

到了两点钟左右,乌利实在忍不住了,于是,就悄悄地爬了起来,它先向低矮的窗户看了看,然后又看了看长椅上的荷达。荷达正在静静地躺着。乌利慢慢地来到荷达身边,闻了闻。荷达觉察到了狗向自己的脸上喷的热气,不过,她却依旧装出了熟睡的样子。

乌利用鼻子尖儿轻轻地碰了碰荷达,紧接着竖起耳朵,侧着脑袋,认真地端详了一阵荷达的脸,见荷达依然没有任何动静,于是,它就悄悄地走到窗前,轻轻地跳上桌子,把鼻子凑到窗闩底下,顶起不怎么重的窗框,先把一只前脚爪伸了出去,又把身体略微探出去一些,再把鼻子凑到窗框底下,将窗框顶到能够让它爬出去的高度。接着,它就一边爬,一边让窗框顺着它的脊梁、屁股和尾巴向下滑落。

它的动作非常熟练,一看就是有着丰富的经验。之后,它就消失在黑暗之中了。

躺在长椅上的荷达睁着眼睛,十分惊讶。她真的太吃惊了,但在弄明白乌利的去向之前,她得一直待在屋里等着。她想起身去找父亲,但是,她很快又改变了主意。她想等找到确凿的证据以后再说。荷达透过窗子向外看去,已经看不到乌利的身影了。她又往暖炉里加了点柴,然后静静地躺下了。

接下来的一个多小时,她都大睁着双眼在那儿躺着,甚至能够听到时钟清晰的嘀嗒声。又过了一个小时,窗户那儿传来了轻微的响声,这时的荷达顿时心跳加速。紧接着,伴随着一阵扒抓声,窗框不知被谁轻轻抬了起来。与此同时,乌利的身影也从窗户那儿滑了进来,它小心地带上窗户,然后回到了厨房里。

荷达悄悄地眯起双眼,借着厨房灶台里摇曳的火苗,她看到乌利的眼里闪烁着一种奇特的、野性的亮光,而它的胸脯和嘴巴上都溅满了鲜血。乌利又仔细端详了荷达一番,见她还是没有任何动静,于是就躺了下来,开始舔自己的爪子和嘴巴。

此时,荷达已经弄明白了一切。于是,她从长椅上跳了起来,冲着乌利大喊:"乌利,原来那些坏事真是你干的!你这个畜生!"

听到荷达的斥责声,乌利就像被子弹打中了一样蜷缩着。然后,它看了一眼那扇紧闭的窗子,眼里满是绝望:逃不掉了!

这时,它脖子上的毛全都竖了起来,但又想让荷达原谅它,于是,它就向荷达爬去。可是,就在马上要靠近荷达时,它突然凶狠地向着荷达的喉咙扑了过去。

荷达用胳膊挡住自己的喉咙,但是,乌利那又长又亮的獠牙已经刺穿了她的皮肉,咬到了骨头。荷达拼命大喊:"爸爸,救命呀!爸爸!"

这时的乌利如同恶鬼缠身一般,越来越凶猛——它已经把疼爱它的姑娘当成了死敌。在它即将咬到荷达的喉咙时,道利冲了进来。

乌利又立刻扑向道利,开始向自己的主人宣战了。

一人一狗厮打起来,最后,道利用柴刀狠狠地砍了乌利一刀。

这只曾经无比忠诚并带来至高荣耀的守护者,这只集聪明、诚实、凶残、背信弃义于一身的狐狗乌利,在抽搐了一会儿之后,就身躯僵硬地死了。

法国狼王 柯尔赛

1. 一头巨狼

1427年夏天,有一个养牛的人赶着他的牛群去巴黎的近郊,他想把这群牛赶到巴黎的市场上去。

当时的巴黎城正好建在了塞纳河上,远远地望过去如同河上的一座小岛。而为了防备敌人的入侵,巴黎城的周围建起了高高的石墙。

在这种情况下,巴黎和外界的联系就只能依靠塞纳河上的几座桥梁了。连绵的荒地在巴黎城外蔓延,中间是成片的森林,外面则是矮小、茂密的橡树、栗树,以及蔓草丛生的沼泽地。

就在这个时候,养牛人赶着牛群走在荒野间弯弯的小道上。就在他刚好看见巴黎城的时候,他的面前忽然出现了一头像小牛一样庞大的动物。

原来是一头大得吓人的狼!

养牛人被吓了一跳,赶紧举起了枪。可这头狼就像没有看见举着枪的养牛人一样，直接冲着牛群跑去，并飞快地扑倒了一头小牛。养牛人看着被吓得到处乱窜的牛，原本想要与狼死磕的心也一下子凉了，于是，他赶紧把剩下的牛赶到一起，落荒而逃。

养牛人和剩下的牛逃跑了，巨狼懒洋洋地抬起头看了一眼，却好像并不想去追赶，只是悠闲地吃起了倒下的小牛。

之后，逃走的养牛人进入了巴黎城，他惊惧莫名地对城里的人说起一头巨大的狼吃掉了他的小牛的事情。人们听了之后都非常好奇：

"你说的是真的吗？狼的身体居然会和小牛一样大，你确信自己没有看错吗？"

"当然了！那头狼的确长得非常大，你们看见了也会吓坏的！那头狼看见牛群就马上锁定了小牛，然后轻松地把它的后腿筋咬断了，又趁小牛无法动弹的时候咬住了小牛的喉咙，一击毙命。从它那轻而易举地弄死小牛的劲头可以看出，它一定是个作恶多端的老手。"

"对！这头狼似乎已经弄死了周围很多人养的羊了，那你就没有跟那头狼较量一下？"

"我哪儿敢！那头狼实在是太大了，也不怕你们笑话，我的牛都被吓得到处乱窜，我也只能撒腿就跑。"

"那倒也是，的确是走为上策。要是真和那头狼较量起来，恐怕连你都会丧命！"

"就是！它的体形实在太大了，人真的很难战胜它啊！"

"说得没错,人家都说,看到这头狼还是逃跑更要紧,就算把牛都扔掉,那也只是交了一笔过路费。但是,如果舍不得牛的话,就只能拿自己的命做过路费啦!"

没过多久,夏天就过去了。这时巴黎民众中间又开始出现了新的传闻:

"那头大狼好像带着今年刚出生的小狼崽子们(从远处看就如同带了一帮小喽啰),又到这附近来了。"

而这次的事情是从一个名叫迪比亚的农民那里传出来的。迪比亚居住在远离巴黎城的郊区,平日里养了一只大肥羊。有一天,迪比亚想要去巴黎城里把自己家的大肥羊卖掉。

对于当时的乡下人而言,去巴黎可是一件特别新鲜有趣的事。

于是,迪比亚的妻子对他说:"我也想去巴黎城!"

"爸爸,还有我!"

看着自己那跃跃欲试的12岁儿子如此央求,迪比亚只好答应:

"好吧,那我们就一起去吧,都去巴黎城开开眼界!"

很快,迪比亚就把马车套好了,并把那只大肥羊装到了上面。

其实,迪比亚很早以前就听说过巴黎城外有一头巨狼出没的传闻,但是他并未在意,毕竟,他觉得,只要一家人早早地动身,并且在中午之前到达巴黎,就不会出什么大问题。

而且,此时冬天尚未来临,狼现在肯定也还没有结伙,只要在马车上多挂几个空罐子和铃铛,肯定能把狼赶跑。

于是,迪比亚一家就坐上马车向着巴黎城出发了!

九月的天，风和日丽，天气晴朗，阳光照在身上暖洋洋的，一切都十分美好！但是，没过多久迪比亚一家就遇到了危险。

那头巨狼带着一群狼出现在了巴黎近郊。

拉车的马被吓得跳了起来，而装在马车上的羊这时候也掉了出来。狼群一哄而上，很快就把羊吃光了。然后，它们又飞快地冲向那匹马，并迅速杀死了它。

面对着这群凶恶的狼，迪比亚以马车为盾牌，英勇地同狼群搏斗，但是，他的武器只是那种非常落后的用来砍柴的厚刃刀。形势对比悬殊，不一会儿，迪比亚就战死了，而他的妻子和年仅12岁的儿子也被凶残的狼群咬死了。令人感到惊惧的是，狼群并没有把之前咬死的马吃掉，而是用刚刚才死掉的三个人填饱了肚子。

对于整个法国社会来说，农夫一家人被吃掉，好像是一件微不足道的小事，但是，这件小事却足以引起极大的恐慌。而这种恐慌则是因为已经记住人肉味道的狼群或许会专挑人肉吃而导致的。甚至，从此以后，并不只有那头领头的巨狼吃人，包括它的部下在内的一群狼也会吃人！

2. 狼王的尾巴

在塞纳河北岸，有一个乱石遍布的山谷，那里到处都是蔓草、野蔷薇和矮树。也正因为这样，许许多多的洞穴被遮掩了起来。

在很久以前，巴黎人为了解决人们的取暖问题，把这里所有的大树都砍掉了，所以，直到如今，这里都没有一棵大树，几乎全都是茂密的灌木丛。而这里数目众多的洞穴，也为狼群安家提供了非常便利的条件。

于是，这里就成了很多骑马的人和猎狗都没有胆量踏入的禁区，就连猎人都不敢靠近。而许许多多的狼就趁着这个机会在山谷里繁育后代，当小狼长大后，它们就会到巴黎周围的路上横行霸道，肆意袭击牛羊和路人。

巴黎城里住着很多人，他们经常需要从外面购买食物来满足自己的需求，但三条通往巴黎城的主干道，几乎都要通过这几片总是有狼群埋伏的茂密的树林。

这些袭击巴黎城的狼群中有很多令人闻风丧胆的狼，比如杀掉达留帮帮主的红狼，朔瓦孙黑狼，咬死三个全副武装的男人、被称为"银色野兽"的巨狼——这三个男人丢了性命，与他们一心要保护一批非常值钱的马有关。当然，这头巨狼的凶残性也是不可忽视的。

就这样，农民迪比亚一家被狼害死了，而就在他们被害以后的两三个月里，狼群又在巴黎城的附近制造了许多恐怖事件，而就像人们所预料的，狼群的袭击目标的确从牛群变成了放牛的人。

之前，狼群首领和它的喽啰们吃掉了迪比亚一家——它们就这样尝到了人肉的滋味。群狼立刻开始效仿这种做法，而且趋势也在不断扩大。

随着冬天的到来，山里的猎物也慢慢减少，附近的农村和城郊就开始渐渐聚集了很多狼，不仅因为这些地方有牛、羊、鸡等可以吃的动物，还因为自从吃掉了迪比亚一家后，它们也开始对人肉产生了浓厚的兴趣。

冬天就这样匆匆地来了，在这寒冷的天气里，狼群就到巴黎的近郊洼地上埋伏和袭击人类，短短一个月的时间就已经猎杀并吃掉了14个人。更加令人震惊的是，狼群如今已经开始不限场合地吃人了——它们甚至已经对家养动物失去了兴趣。

而在这群袭击人的狼群中间，一直有一头巨狼，它长得几乎和小马一样大。

到了晚上，巴黎城郊外是没有人类出没的，因此，狼群只好在白天袭击人类。而且，巴黎城一到晚上就会紧锁城门，拿着石箭的守城人也会在高高的城墙上来回巡逻，只要发现有狼靠近，就会立刻张弓射击。

守城人就曾经射中过那头巨狼。就算巨狼认为自己的伤不太碍事，更谈不上致命，但仔细观察，还是可以看出它对石箭的畏惧的。

很快，寒冷的一月份来了，这个月被称为"雪花月"，到巴黎旅游的人慢慢减少。人们把家畜赶进了避风的地方，这时，山野里也突然显得空旷了起来。但比起城里人数稀少的情况，狼的数量反而在不断地快速增长，它们捕不到猎物，就一大群一大群地聚在一起，从离城非常远的地方赶往巴黎城。

狼的数量快速增加，也就表示食物供不应求。这时，饿了很久的狼群已经开始向城门靠近了。

实际上，这时的巴黎城也没有余粮了，人们急需向城里运送一些家畜和粮食。但事实上，城外的狼群已经把这条道路彻底截断了。

在等待救援的日子里，巴黎城里的人们变得更加焦躁。不过，很快又传来一个好消息——原来，有一个骑兵队马上要护送一群牛进城了！于是巴黎城的人迅速打开了城门，以迎接骑兵队的到来。

当人们看见英勇的骑兵队护送着牛群进城时，心里都非常兴奋。但当人们看见他们后面跟着的成群的狼时，便转为极为害怕——他们既想关上城门，又想让牛群都进来。

就在人们犹豫不决的时候，牛群后面的狼群飞快地追了上来。惊慌失措的牛相互挤在一起，倒是给了狼群可乘之机。

人们都急忙跑进了屋子里，惊慌失措地大喊：

"赶紧跑啊，赶紧跑啊！狼群已经进来了！"

值班的人于是迅速登上了观望台，而街上的牛也乱跑乱撞四散逃命。

骑兵队反应过来想要将狼赶出去，可他们身下的马却都受到了惊吓，完全不听从他们的指挥。骑兵们纷纷拔出银光闪闪的利剑来回挥舞，观望台上的守城人也开始向着狼群射箭，城里的情况顿时乱作一团。

尽管也有人被袭击，但冲进城里的狼的首要目标仍是牛，在这场混战中，有狼被箭射死，有人被狼咬死，牛、狼、骑兵在街上混乱地交织起来，造成了持续不断的骚乱。

乱糟糟的大街上隐隐约约地传来了二十几个士兵的大声喊叫，起初，人们并没有听清，因为哞哞叫的牛，嗥叫的狼，嗖嗖飞的箭，咣咣响的石块敲打在铜锣上的声音，以及嘶鸣着奔跑的马的声音此起彼伏，把士兵们那微不足道的声音给淹没了。

然后，人们忽然听见了从城门那里传来的"咔嚓、咔嚓"的声音，发现一群人已经跑到了那儿。

士兵们高声喊道："快点！赶紧把门关上！把狼都赶到城里，不要让它们出来！我们快点往外跑！"

"是的，我们把狼都赶进城里去，再一头一头地干掉！"

男人们不停地叫嚷着，此起彼伏的声音连成了一片。这时，哪怕狼听不懂人的语言，但发现城门入口即将关闭，便也异常敏锐地觉察到了危险，于是快速地冲向了大门。

狼群飞快地逃出了巴黎城，但当许多狼都逃出去以后，那头大狼却稍显靠后，就在城门即将落下之时，上面的铁格子"咣当"一声掉了下来，恰好轧在了巨狼的尾巴上，把正在全速奔跑的巨狼的尾巴截断了，而那条断了的尾巴也就这样留在了原地。

尾巴变短的巨狼屁股上只有一点儿残留的尾巴根，而它留在城门口的尾巴看上去就像被砍伐下来的树木一样。于是，从那时起，人们就把身材高大、尾巴极短的巨狼称为"塞纳狼王柯尔赛"

了，因为柯尔赛就是短尾巴的意思。

狡猾的柯尔赛麾下的喽啰实在太多，它们对巴黎附近的居民构成了极大的威胁，在这附近居住的人也都受到了狼王柯尔赛这种血腥的洗礼。

3. 伯爵家的黑影子

1428年初，柯尔赛进入了巴黎城，并把自己的尾巴留在了那里。

据说，柯尔赛生于1424年，也就是说，杀死迪比亚的时候，它刚刚3岁，而断尾巴的时候则是4岁。通常来说，与人类的寿命相比，狼和狗的寿命都是比较短的，因此三四岁的柯尔赛其实已经相当于人类当中年富力强的青壮年了。

虽然柯尔赛被切断的是尾巴，但倘若城门再早落下几秒钟，切断的就不会只有尾巴，而是它的生命了——也或许是因为这件事，通常情况下，只要大门那里有士兵把守，柯尔赛就不会继续往前靠近。

那是一个非常寒冷的冬天，几乎每个巴黎人都察觉到了四个明显的变化。

首先是城里的牛，人们把在那场浩劫中幸存

下来的牛集中到了温暖、安全的屋子里。

其次是住在巴黎城外的一些人，他们都把自己的家搬到了有高墙保护的城里——因为这里能防备强盗和狼群，保全自己的性命。

再次是每天被送到巴黎城里的牛，士兵把它们分成了一小群一小群，并且严加看管。

最后是狼，巴黎城里的人们发现，在巴黎城外转悠的狼越来越多了。

下过几场雪以后，大森林里的食物越来越少，而且随着狼群越来越饥饿，它们的胆子也变得越来越大了。

一旦有人进入巴黎城外的森林地带，就会遭到一拥而上的狼群的袭击，然后，变成它们填饱肚子的食物。而且，不管是一个人还是几个人，结果都是一样的——只要一进入森林，人们就再也走不出来了。

在虐杀人类的同时，狼群内部也出现了自相残杀的情况，同伴们总会把一些身体弱的、受伤的狼吃掉。然而，就算这样，因为新成员不断增加，狼群的数量也没有出现丝毫减少的迹象。

见过柯尔赛的人越来越多，形形色色的什么人都有，比如骑士和牧人。他们为了杀死柯尔赛已经绞尽脑汁，也做了许多工作，但一直没有成功。甚至，他们觉得，柯尔赛好像已经对人类的各种招数了如指掌了。

柯尔赛肯定是一头被魔鬼附身的狼！

人们出门时的祝福语也慢慢变成："哦，你要出门啊？愿上帝保佑你，但愿你不会受到柯尔赛的袭击！"

1428年的夏天，就像平时一样，狼群在巴黎城外转悠着，对每一个想要进城的牛、羊和人都虎视眈眈。

然而，就在这时，另一个灾难也降临到了法国人的身上——外国人进攻法国了，法国民众也开始大批地遭到屠杀。

等到秋天的时候，形势变得越来越严峻。要为战争做准备的巴黎城从全国募集了许多粮食，并派遣运粮队把粮食送到巴黎城。但是，狼群却不肯放过这个机会，它们兴致勃勃地在环绕巴黎城的塞纳河附近集结，想要趁此机会袭击运粮队。

在第二年的一月末到三月份，巴黎关闭了所有的城门，并不允许人们外出，因为狼王柯尔赛带领的狼群把整个巴黎城都包围了。

当又一年冰雪融化、春天来临的时候，身着铠甲的武装士兵已经迫不及待地跑到了城外，他们被憋了这么久，现在，终于可以因为国王带回新的粮食的命令而出城，去很远的普罗旺斯了。

没过多久，当带着粮食回来的运输队慢慢靠近巴黎城的时候，柯尔赛和它的喽啰们就在他们的面前出现了。而且，能够看出，它们对粮食毫无兴趣，它们这次的袭击目标是运粮的人和马。但吹着喇叭的士兵和挂着铃铛的马车，又实在让狼群难以靠近。

最后，队伍还是安全地抵达了巴黎城，他们迅速冲进城门并且及时关上了它。这时，诺特尔·达姆教堂响起了洪亮的钟声，那是人们在运粮队归来后对上苍表达感激之情。

1429年的夏天，巴黎突然又遇到了一场灾难，还是一场战争——国外战争和国内战争接二连三地爆发。更加糟糕的是，瘟疫也在这时席卷了整个国家。

战争和瘟疫夺去了很多人的生命，狼群再次尝到了人肉的味道。

而现在，哪怕是隔着很远的距离，柯尔赛那壮硕的身材和残缺的尾巴，也完全能够让人们一眼就认出它来。

巴黎城堡的一角有一个著名的贵族住宅，米耶尔伯爵夫妇就住在里面。但是，现在，伯爵已经去世了，只有伯爵夫人住在那里。

在伯爵府邸里一直存在着一个可怕的机关——那是一个能够直接通向外面的秘密通道。而通道中途有一块翻板，一旦有人在伯爵夫人的房间里按下弹簧，地板就会突然往下落，然后出现一个大窟窿。在这个大窟窿里的洞穴两侧则会刺出几把短剑，把掉下去的人分成几节，而下面湍急的河流则会直接把它们全都冲走。

而这个可怕的装置已经被米耶尔伯爵夫人用过好几次——都是用来杀死惹她厌憎的客人的。

一个月华如水的晚上，伯爵夫人站在自己的房间里向外看了看，她似乎看到有客人骑着马过来了，可那匹马上又好像并没有坐着人。

伯爵夫人十分小心地从窗户后面窥视着，等到那匹马靠近一些的时候，她看清了点——它的确很像一匹马，不过要比马小一些；它一直低着头，看上去比自己还小心翼翼。等"马匹"终于从树影里走出来，伯爵夫人才彻底看清楚了！

天啊！伯爵夫人这时候才发现，那并不是一匹马，而是一头体形巨大的狼！不过却是头残缺的狼——它长得跟个妖怪似的，尾巴只有一小截了，如同被砍断的树木。

伯爵夫人马上就想到了一个好主意！想要轻易地干掉那头巨狼似乎非常简单，只要把它引到那个秘密通道里不就行了吗？伯爵夫人于是立刻从仓库里拿了一大块肉，然后系到了细绳上。接着，她又拖着肉走进了秘密通道，过了翻板扔在了外面的出口。最后，她打开出口的门快速走回了自己的房间。

走进房间的伯爵夫人从小孔里看着大狼走入了秘密通道，而且直接走向了翻板，当大狼踏上翻板的那一刻，伯爵夫人马上按下了弹簧。

"咔嚓！"

伯爵夫人按下弹簧的时候，大狼正在弯下身子向里走，慢慢地已经接近了翻板。但谁也没想到，它对这轻微的声响非常敏感，于是，它猛地弹地而起，竟然一下子越过翻板逃到了外面。

那次，柯尔赛跑回老巢的时候竟然安然无恙、毫发无伤，而且还获得到了新的经验。

所以说，柯尔赛不仅头脑非常聪明，运气也是极好的。

4. 队长的计划

  严冬来临的时候，地上已经堆上了一层厚厚的积雪。

  在瘟疫流行的这一年里，很多人都因病离世了。而越来越多的尸体也给人们带来了烦恼。人们最普遍的说法是把这些尸体扔到外面喂狼，狼吃了这些有疫病的尸体就会得病死去。于是，尸体不断地被扔出城外，但是，狼吃了尸体却并没有生病也没有死去。

  谁都解释不了这个困惑。但对于这样一个意外的结局，却更加让人感到害怕，因为狼在吃掉尸体后，更加喜欢吃人肉了。人们这次的做法等于直接告诉狼群——周围的城市有许多食物，而且非常美味!

等到深冬时节,以柯尔赛为首的狼群跃跃欲试,已经把巴黎城团团围住了,人们根本出不了门。

那年冬天,因为天气太过寒冷,塞纳河结了很厚的冰,而柯尔赛它们每到夜里都会从冰上走来靠近城市,想要找到钻进城市的缺口。

夏里尔国王的宫殿就坐落在塞纳河畔。而塞纳河边就是停船的码头,那里有一个水闸,不用的时候,人们就会把铁格子放下,

铁格子与水面相距大约三十厘米。但那年冬天，天气实在太冷，上游的河水差不多全都结冰了，塞纳河的水流量也就变小了，而这时，铁格子里积的冰几乎厚达一米。

很快，在城外转悠的狼群就发现了铁格子下面的大缺口，尽管柯尔赛在进城的经历中遇到过危险，甚至差点儿没命，但饥饿的感觉依然驱使着它带着喽啰们趁机钻进了城堡。

柯尔赛它们在迷宫一样的城市街道间绕圈子，来到了诺特尔·达姆教堂前，恰好遇到了祈祷完毕的神父们。

狼群几乎在一瞬间就向着手无寸铁的神父们扑了过去，它们只用了20分钟，就杀死了所有的神父！

在吃完人之后，狼群像往常一样，从那个水闸下的缺口逃了出去，而整个过程一共不过用了一个小时。

当士兵们赶来的时候，狼群已经消失得无影无踪了。

而这次40位神父同时遇害，使得整个巴黎一下子陷入了极度的恐慌之中。

几乎所有的巴黎人都在瑟瑟发抖，就连国王都感到了恐惧，可国王也想不出什么有效的办法。

这时，一个勇敢的人制订了一个除掉柯尔赛的计划，这个人就是巴黎警备队队长布瓦什利耶。他的计划在得到国王批准后就准备马上执行。

布瓦什利耶的计划主要包括了以下五点：

第一，从计划开始的这一天起，人和动物在两个星期内都不得再出入巴黎城。

第二，巴黎城里的人不得将吃剩下的东西扔到城外去，要让城外的狼找不到任何食物。

第三，要想办法增加塞纳河的水量，让冰变厚，以尽可能地缩小码头下面的铁闸空隙，这样一来，狼群就不能从那里进城了。

第四，人们必须把巴黎城里的食物残渣全都撒到诺特尔·达姆教堂前面的广场上。此外，布瓦什利耶还规定，如果有人要宰牛，就必须到广场上进行，剩下的不能吃的部分，也必须全部扔到广场上。

第五，在主教堂前面的广场周围筑起高墙，再开一个可以从外面关上的、装着门的入口。而且，要把国王的泊船码头到这个入口大街的两边全都筑上高墙。

等到一切都准备好以后，有一个人就拖着牛的内脏从河对岸走过冰面，一直走到国王的泊船码头。而这一路上也就留下了食物的气味。这时，再提高泊船码头的铁格子，如此一来，狼群就会被这种气味一直引到广场，然后去吃堆积在广场上的那些食物。

城里人还听取了布瓦什利耶的宣告：不要用箭在城墙上射狼；不要吓唬狼，比如大声喊叫、向狼扔东西等类似的行为；在整个诱捕过程中，所有人必须保持安静。

布瓦什利耶这么做也是有原因的——把狼引入广场后，立刻关闭广场那边通向外面的门，这样才能把狼一网打尽。

5. 生死决战

在做完准备工作之后，人们就开始耐心地等待狼群的进攻。没想到，与人们的期待恰恰相反，狼群忽然变得小心翼翼，还减少了进城的次数。

终于，等到第三天，开始有一两只狼溜到了城里，它们偷偷地在广场上吃饱以后就迅速地跑掉了。有了这样一个良好的开端以后，人们忽然发现，溜进城的狼的数量在持续增加。仅仅十几天的时间，教堂前面的广场仿佛就变成了狼群的美食餐厅。

每天晚上，人们都会静静地等待狼群的到来。在狼群越来越有恃无恐的情况下，人们意识到——等待已久的机会终于来了。

警备队队长布瓦什利耶要求下属将准备好的20头牛全都拉到广场上宰掉。现场宰牛的血腥味强烈得让人很难忽视，甚至，在城外很远的地方都可以闻到。果然，当天夜里大群的狼就聚集在了广场上。整条泊船码头到广场的路上都充斥着由狼组成的队伍，狼群非常整齐而有规律地向着广场行进。

看着聚集到一起的狼群全都进入了教堂前的广场上，布瓦什利耶知道，大部分狼都来了。于是，他抬了抬下颚，站起身来亲手关上了广场的大门。然后，他又发动城里所有的人，鼓励大家积极做好准备，在第二天勇敢地和狼做斗争。

那一夜变得分外漫长。然而，第二天的早上还是很快就来临

了。早上的广场依然宏伟非凡，但是，被困在广场上到处游荡的狼却让人们心里感到了恐惧，不敢多看一眼。

就算是这样，还是有很多人挤在建筑物的房顶和高高的窗户上，人们甚至挤满了瞭望塔——大家都希望能够占到一个最好的位置，来俯瞰广场上马上要发生的一切。

被围困在广场上的狼群很明显地感受到了一些恐慌。一些狼不停地走动，到处寻找出口；一些狼则偷偷钻进空隙里，想要把自己隐藏起来；还有一些狼相互打架，或者躺在地上发脾气……

在这群恐慌的狼中，一头沉稳的狼便显得十分突兀。可以看出，那是一头不慌不忙的巨狼，它看起来好像在悠闲地来回踱着步，却也同样小心翼翼地在仔细观察着门的周围，并试图从缝隙里向外看——这头可怕的巨狼正是狼王柯尔塞。

时间飞逝，很快，太阳升起来了，阳光照耀着广场，而欢呼声却越发嘈杂、越发响亮——"万岁"这样的欢呼声不绝于耳。

身穿白色服装的圣歌队无比骄傲地站在教堂旁边的建筑物上，唱起赞美神灵、感谢神灵的歌曲。

紧接着，布瓦什利耶便大声宣布：

"开始进攻！"

顿时，士兵和市民拿着弓箭就开始放箭。伴随着一阵"扑通扑通"的声音，这些狼便接二连三地倒下了。可是，只中了一箭的狼是不会轻易死去的，很多狼甚至用嘴巴把射在身上的箭拔掉，然后继续咆哮。

在这种危急关头，就连一向懦弱的国王都拿出了弓箭，直到射完了自己所有的箭。然后，觉得不过瘾的他换了箭筒后依然专注地拉弓放箭。

狼在广场上不停地跑动，就如同翻卷着旋涡的茶色波浪，尽管已经死去20多头狼了，但在更多的狼身上却看不见一点伤。

而且，很显然，柯尔赛也不在被射死的狼群中间。柯尔赛到底去哪里了呢？

广场中央有一个由四根柱子支撑着的喷水装置，而水则是从柱子支撑的台子上喷出来的。

柯尔赛就躲在这里，它非常冷静地认真观察着广场上发生的一切，哪怕广场上已经死掉了很多狼，它也毫不慌张，甚至连一丝不安都没有表现出来。除了柯尔赛，还有几头狼藏在了喷水台的下面和教堂的后面。

到了中午，广场上最后一头来回躲避的狼终于被人们干掉了——群狼的尸体几乎铺满了整个广场——血流成河，如同一片红褐色的海洋。

这时，通过隐藏在安全地带的方式存活下来的狼一共只有十多头，其中也包括狼王柯尔赛。

警备队队长布瓦什利耶将所有士兵召集起来，对他们说：

"尽管我们已经杀死了很多狼，但最强悍的柯尔赛以及它的喽啰们还没有死。你们想和我一起到广场上，亲手把那些可恶的畜生杀掉吗？"

没等这句话说完，就已经有几百个士兵跑到了他的面前。布瓦什利耶从里面挑选了 20 名武艺高超的勇士，这些勇士借助梯子来到了广场上，他们排成一排，在国王的窥视窗下，一齐向国王敬礼，然后径直向右转朝着狼群的方向走了过去。

这时，忽然出现了意外！50 条猎狗一下子冲进了广场，原来，这是人们按照国王的命令找来的专门对付狼的纯种猎狗，用以援助布瓦什利耶。

于是，布瓦什利耶立即下达命令：

"让猎狗先上！"

狼王柯尔赛在看到这群猎狗的时候就站了出来，口中发出了一阵恐怖的嗥叫，然后，飞快地朝着猎狗扑了过去，其他的狼也紧跟着向猎狗发动了进攻。

柯尔赛群狼一旦进入战斗状态，便变得非常可怕，十几条狼狗转眼间就已经被杀掉了。

这场狼和狗的战争差不多持续了半个小时。

在战斗结束的时候，50 条猎狗全都死掉了，无一幸免。而柯尔赛群狼居然一头都没有死去，只有两三头受了一点轻伤，柯尔赛还是活蹦乱跳的！

"好！现在该我们了！冲啊！"

随着布瓦什利耶一声令下，士兵们挥舞着枪和剑迅速冲了上去。

一个接一个冲上去的士兵被狼群杀死了，哪怕他们全都武艺高超，并且拿着十分锋利的长枪。

习惯了与人作战的狼群不一会儿就咬断了5个士兵的喉咙。

人们成群结队地站在广场四周的建筑物上，为士兵们大声地呐喊助威；国王也不停地挥动着旗帜，为他们加油鼓劲儿。

当狼群再次逃到喷水台下面的时候，挥动长矛的士兵们接连刺死了它们。

幸存到最后的狼群，是由柯尔赛率领的小队。这些狼冲破了士兵组成的包围圈，分散着跑向了大教堂，它们在钻进石砌起来的拱廊下面以后就迅速回过头来。

这时，除了柯尔赛，还有5头狼在虎视眈眈。

士兵们将这几头狼团团围住，用手里的长矛和利剑刺向它们，激烈的战斗就这样开始了！狼的全身几乎都被刺烂了，从头到脚没有完好的地方。然后，它们一头接一头地倒下了。

最后，只剩下狼王柯尔赛了！

这时，布瓦什利耶忽然喊道：

"等一下！如今，只剩下狼王柯尔赛了，就让我这个巴黎警备队队长来会会它吧！今天，我要和它单挑，决一死战！来吧！"

他拿着长枪向着柯尔赛冲了过去，而柯尔赛看着跑过来的人，慢慢地蹲下了身子。

从远处看时，柯尔赛好像在用后脚站立着，但是，其实，它是在瞄准布瓦什利耶。可是，就在它跳起来的那一刻，布瓦什利耶就用枪刺穿了它的胸膛！然而，柯尔赛并没有后退，它顺着刺穿自己的长枪滑到了布瓦什利耶的近前。

沉重的长枪和狼王一起把布瓦什利耶压倒了。

这时，受伤的柯尔赛拖着长枪，扑上来一口把警备队队长的喉咙咬断了——虽然他身着盔甲，但对于凶狠的狼王而言，这并不能起到什么保护作用。

警备队队长布瓦什利耶和狼王柯尔赛的战斗终于结束了——他们一起躺在了血泊中。

教堂的钟声响了起来，人们兴奋地冲进了广场。

300头狼全被杀死了，狼王柯尔赛也被人们放到了高台上，人们一个接一个地排着队从它的面前走过，确定它这回真的死掉了。

教堂的钟声不断敲响，人们开始为舍身杀狼、保卫巴黎的勇敢的布瓦什利耶祈祷。

国王面前的士兵们在高喊：

"柯尔赛总算死啦！可怕的狼王柯尔赛死啦！大家赶紧来仔细地看看吧！柯尔赛的统治已经一去不返啦！"